致瞿鼠书

张炜 著

长江出版传媒
长江文艺出版社

张 炜

当代作家，中国作家协会副主席。山东省栖霞市人。

1975年发表作品。2020年出版《张炜文集》50卷。作品译为英、日、法、韩、德等四十余种文字。

著有长篇小说《古船》《九月寓言》《刺猬歌》《外省书》《你在高原》等23部，诗学专著《陶渊明的遗产》《苏东坡七讲》等多部，诗集《归旅记》《挚友口信》等10部，长诗《不践约书》《铁与绸》等。

获茅盾文学奖、中国出版政府奖、中华优秀出版物奖等。

目 录

第一辑

纷纷扬扬　003
孤独得还不够　004
河边印象　006
纪年　015
七里山　029
七里山松鼠赋　037
十二居所　038
我打算去北方　047
我去过的远方　048
锦鸡岭　050
明渠莎草　062
莎草　063
南瓜　066
骆驼念　067
敏与忧　068
车上的白银　070

072　在激流中
073　未知的时刻
075　致果园的浓叶
076　致鼹鼠书

第二辑

081　你听，开始了
083　爱之吟
086　果园记
093　何为永恒
095　捕蜇场
103　野生的翘望
104　献给大尾巴狼
105　夏日将至
111　夜酒
112　一滴
113　鸢尾
114　呓语和银币
116　劳作
117　连接和丧失
118　1978 级
131　隔壁诗家
132　去老万玉家的里程
136　如何

屈服者　137
南方　138

第三辑

地址　141
寂静　142
粗衣宽松　143
如何回答　144
是的，暮年　146
松林接待大诗人　152
显而易见之后　158
雪松　159
烟台的水　160
遗忘　161
春秋记　162
阴暗和生长　200
再致异人　201
又是异人　202
原星空　203
速度　204
竹担古风　205
紫色　206

代跋

209　溪水曲
211　访司号员

第一辑

纷纷扬扬

想起雪在无风时的
姿容,交会的光阴
铅样的沉默和天空
炉火和故事,一杯
浓茶或咖啡
讲述幸福与安宁
安宁是一辆停留之车
是不曾相识之冬
是未能写尽的温情
是不相交接的河水

2022 年 7 月 5 日

孤独得还不够[1]

这是那个孤独者的自语
从古堡中传出的德语
里尔克的心声和吟哦
所有人的共鸣
某一类，某一群，某一些

我寻不到那座阴冷的堡垒
也没有东方的草庵
只有一片苍凉的山野，有
少年时代残留的一道目光
那不甘收敛的一束闪电

我在想什么叫不够，什么叫
孤独，而后收束衣衫，走向
那个毫无把握的远方，那个
吸纳和消融一切的迷茫
我真的是一个人，一直是

---

[1] 德语诗人里尔克，代表作为《杜伊诺哀歌》。他说："我很孤独，但我孤独得还不够。"

那是一位不愉快的兄长
他凄冷的脸色和刚毅的线条
他不幸的日月和微薄的收获
他极端的自得与冷落
他散向四面八方的信息

我在此地站立和遥望那座
陌生的冷冷的阴阴的城堡
我读不懂他的哀歌

2022 年 7 月 1 日

河边印象

一

一条油亮沉默的河流
缓缓而行从不停歇
身旁撒满人和牛羊
在稀薄微小的绿植间
若有若无地彷徨

我想问候悄然的旅伴
让浅流抚弄双脚
黄泥埋过踝骨
无边的干结和龟裂
水一样的笑声从何而来

二

我梦见她严厉的父亲
陌生的声音飞过对岸
有少量的淡水鱼和马铃薯
有慈爱的母亲和蓝天

她喜欢长不高的钻杨

亲爱的小狗是永恒的伙伴
穿过街市上堆起的籽瓜
一条碎花长裙已经飘远
它躲躲闪闪快步向前
依偎在主人身边

三

最可炫耀的是洋槐花
干旱之国的蓓蕾
有大地就有少女
有鸟儿深藏的梦想
鸟儿飞过山冈一去不归

枯山对应的是大海
西部呼应的是半岛
在未知的年月生出石榴
在传说之地缀满枝头
孩子摘下大红苹果

四

大地醒来的鱼肚白

银色光束一闪而过
隐隐喧声正在淡去
勤奋的沙鸟开始操劳
母亲扎起围裙走向厨房

一个温暖的窗棂后面
眺望大河的时辰到来
浓厚的液体不知疲倦
经过千万年的蜿蜒
与苦涩的大海会面

五

这是世纪的会合
猝不及防的小径上
莎草与小蜻蜓成为挚友
相互讲述水的故事
唱起母亲的山地之歌

那片无边的沙滩果园
云雀在高空欢跃
一只琴隐于绿荫深处
独自弹奏未来的情伤
呼唤一个必要结识的少年

六

河的液体由石头化成
有一天还要变回石头
拥挤的行走和嘶哑的对话
关于两岸和上游的交谈
等待一声驻留的口令

这是一线虚拟的水流
粉碎泥土和岩块的过程
一切模仿都需要完美
这里甚至有浪花和鱼
有拉纤的号子和白帆

七

倾听村庄的呼噜和梦语
一线流水失去荒诞
无数创造和孕育的故事
部族迁移和文明的繁衍
都发生在磨砺的河边

整个过程并无神奇
打碎和碰撞粉细的颗粒

日夜挤压千里万里
变得比微尘还要细腻
在黎明前化为焦干的液体

八

饥渴者追逐柔软的石头
岩体变为飘动的丝绸
在飞溅的咖啡色里眩晕
万物沉入又渐次消失
像一条巨大无匹的鳄鱼

最有魅力的是仁慈的杀戮
永生难忘的是昼夜洗涤
如数归还后整齐划一
没有哀声和欢歌能够独立
这是一次延宕的追击

九

有人小心翼翼种植苹果
老人和孩童每人一个
酸甜的汁水来自敲凿
从页岩释放甘泉
就像取走珍珠的贝壳

海洋等待送来骨骼
就像木匠等候榆木和柞木
在华丽的刨花下面
你和黑点狗尽情游戏
造山运动已近尾声

十

你说他手拿大苹果
你说他爱她不爱我
干结的岩板上有了收获
一些甘汁四溢的果实
一切都是咀嚼所得

它一直向前流淌蠕动
命运的会合正在发生
粉碎机的功率无可比拟
它有伟大而平庸的耐心
我们和植物一起见证

十一

赞美你粉色的少年衣装
你时而脱落的鞋子

像山溪流泉一样的笑声
毫无吝啬洒向枯野
我们在时空中两不相知

从西到东依次降低的大陆
落差由上苍划定的严整
你的东行实属必然
半岛上有个名字叫朦胧
你睁大黑白分明的眼睛

十二

敲击是为了释放囚徒
它们是固化的液体
子弹一样的爆响在传递
如鞭子抽打冰冷的空气
岸上生灵在颤抖中伫立

到处寻觅汁液的痕迹
不可饮用的长长流转
让小鸟刺破吞咽的喉咙
荒原上跟随紊乱的蹄印
头顶是一只绝望的鹰

十三

在高处的遥渺之域
有散淡的面容和目光
俯看河边上的日暑
铜鼎和升腾的烟火
群祷和环舞的身姿

长长的裙裾迤过沙子
高傲的白杨在注视
谁来折叠时光册页
让少年的指纹印上发际
隆隆之声在深夜驶过

十四

不可忆想的青葱岁月
不可复制的日日夜夜
那只花鹿一跃而去
密挤的山林在半岛东端
碧绿的瀑布正在垂下

关于水的消息走在路上
牧羊人追逐闪亮的倒影

奔涌的大川就在身侧
碾压出干燥的开裂之声
羊群纷纷躲到男人脚下

十五

我看过了莱茵河与多瑙河
知道上苍把苦难分给了我们

2022 年 7 月 30 日

纪 年

一

我们要认识这个纪年
让老人优雅地告别春天
忘掉那些梧桐花的小灯
它们遗弃的约定,它们
和善的温情和秉烛夜行
空空的长路上有什么在蠕动
那是遥远的印迹和
几年前离去的朋友,它们
永远无害的激烈与平和
没有人一直留在篱笆下
没有永远开放的打破碗花
剩下的半杯酒变得浑浊
与窗子一起沉入夜色

二

嘶哑的吼叫被引擎淹没
整个世界都在喧哗中沉默

一副自尊的神情和
一张苍白的面孔，一双手
苍老粗糙青筋累累
握住零零星星的岁月
每个早晨都由倦意包围
每一个卧榻都堆满悲凉
外面的野蔷薇还在开放
它失去了绿叶和尖刺
像纸一样轻轻展开
没有人停下来问候
没有人打听庭院的丁香
所有的光都在撤离
尾声收束，宇宙开始转场

三

淹没的声音在石头下
在青苔的生长中沉默
渗进深土之下，汇入
千年后的广漠与荒凉
生命未能等待迟来的喘息
没有一丝风，没有清晨
从黄昏之后的黑夜直到
更深的夜色，更长的噩梦
冬天掺在夏天的风里

冰凌做成最后一餐色拉
苦酒是干菊叶子酿成
用北方之北的寒冷沤制
那些生铁的气味
那些腥咸的气味
倾入孤愁的陶杯
在沉沉铅雾中饮下

四

我已经厌倦了消息
包括喜庆和胜利的传说
为了三支青铜蜡烛的庆典
在梦中一一展示
洁白的桌布上洇开了红色
那些羔羊和瞪羚的血
没人记忆和追思
她娇美的面容近在昨日
她向我们微笑，她的
怨敌在向春天招手
迷惑淳朴的牧羊老人
笛声响在山壑里
在炊烟的亘古缠绕中
泥浆覆盖层层绿色
岩石生成，罪孽的山峦

成为巍峨的骨骼

五

我们试图划分季节
那是清晰的线条两边
花枝和风,绿植和水
可是没有天空星辰怎么办
没有月亮和太阳怎么办
没有爱人的眼睛和玫瑰花
没有心爱的羊咩和狗吠
悉数湮灭的声气之下
是冷冷的旷远的长街
是可怕的白色在移动
末日的鬼影憧憧飘逝
遥远的降临失魂落魄
游走的一幕似曾相识
你记得,你遗忘,你被唤醒
那是死亡之谷的图像

六

我无法听到你午后的声音
你的呼叫被一张纸隔开
你的面庞在溶液中下沉

蓝色的无边的汹涌的
不再是游走鲸鱼的海洋
就像银河旁不再是星汉
我们的故乡被分割和抽离
我们的命运被支取和挪用
那些诅咒不再灵验
没人恐惧神灵和报应
在尘世中，在梦幻里
所有的应许都装入瓮中
所有的巨兽都吞食不停
那道门久未开启，那道
漆黑的铁门冰冷而陌生
它是冥界遗失的凭证

七

幽灵会集的春天和冬天
四季的花都在果实中隐去
让甜汁和毒汁藏在壳中
等待一个无辜的老人，一个
情窦初开的少女和顽皮的
清水洗过的柔细的少年
在玉米叶的唰唰言说中
往事一概清纯而美好
那是过去，那是季节的颜色

那是大地的甘泉和酒杯
那是按时而至的又一个中秋
那是月亮和接踵而来的传说
那是泣哭的欢笑和青春
那些悉数成为记忆的尘土
扬到空中，遮天蔽日

八

没有音信的旅途上
美丽绝伦的油亮的马
在嘶鸣和奔驰，你
是否记得碧绿的水边，那
银色浪迹之侧磕磕的蹄音
那飞纵的身姿，那像
油脂和锦缎一样的闪光
它们是所有希望的预告
它们是可能二字的翻版
如今那汪水漂起片片
肮脏的白垃圾，破碎的
毁灭的屑末和哀声
它沾在两踝和两手即不再
揩掉，不再洁净的
世纪的污痕和沮丧
纠缠一生厌恶一生

九

我们一直在等候,耐心
出奇地韧长和厚重,好像
苘麻和金属拧成的丝
牵引了十二吨苦难之车
它的轮毂吱吱作响的时刻
卵石在破碎,看不到原野
一群乌鸦在旋旋落落
一朵铅云在寻找枝柯
送行的长队还在蜿蜒
那些白色叠成的纸鹞
飞向我们的村庄和城市
将紫色的液体涂满街巷
腥咸的风和消息一起到达
没有一个人告诉母亲
没有谁说到那个面孔通红
热情洋溢的后生

十

还在等待,凋谢的花
在果实后边追赶和隐匿
伸出一双种植的老茧

等待雨的滋润和洗涤
白色的肌肤被纸包裹
犹如海边沙滩上的秋天
堆积起童年的思念
那些幻觉传递的深夜和凌晨
狂喜的梦在无助的乡邻中
在游走无边的疏林里驻足
告诉你，收割开始了
那把锋利的刀由牛的主人
不休不眠磨洗一新
交由一个粗憨的青壮
收割的声音如同音乐鸣奏
你在它的安抚下睡去
在太阳出山前通知疲惫的人
他们已经在坐等中瞌睡

十一

那些古怪的颜色飘逝之前
兰花藏到了角落，屏风
掩住一只戴了戒指的手
它扳动无形的扳机射杀
那个远在天边沙砾上的河马
更多的呻吟和泣哭落在
轰轰的嘶吼后面，在模仿的

优雅的餐桌和杯子后面
他们仇视北方的风和沙石
洗劫的平原和山脉寸草不生
一年四季都是冰霜和泥浆
兽皮包裹的山口尖声号叫
然后是奔涌的铁骑驰掠
可汗的子孙打听江上莼菜
鳜鱼和蒲笋的传说
用寸寸小刀割下膻味
用柔软的草须塞满靴子

十二

中原之东,半岛犄角的风里
盐粒被少年抓在手中
一颗颗摆在桌上,献给外祖母
她的纽扣和夜里的槐花饼
那饥困中的美食,那一天中
汇集的芬芳和瑰丽
远山的乌云下有个悲苦的
人和故事,一排无尽的长队
正和浊流一起往前
直到汇入那片盐湖的泥中
看泛起的粉红色泡沫怎样
——破碎,然后依次生出

一把把捞取水族的网兜
握在透明的影子手里，在凭空
抖动，吓人的嘀嗒，无遮无挡的
云计算的时代和数字的命运
这算不得命运，这是模拟的人生

十三

狂吠者在无休无止的废墟上
给邪恶的毒枭伴奏的时刻
从楼上跌落的稚弱生命
在惊呼中画上句号，而后
是恐惧绝望的窒息一瞬
这钝钝之音没有留在人间
没有人间，留在哪里，没有
可以书写汉字的笔记簿
没有手，没有一只颤抖的手
没有健康的握紧的手
当然也没有攥起，五指
在硫黄风中熏成酥朽
变为微震中散掉的渣滓
打扫的车子驶来了，持帚者
就是昨天的亲人或姊妹
是流干了血泪的隔世之人

十四

你憎恨这么多噩耗,你
将双耳捂住,然后松开,你
把一切风道都堵塞,你
让手伸进绞索和铁链中,你
饮下哑酒吞下哑药,你
废掉所有的约定然后偿还
信友的债务,做一个最后的君子
做一个不再重复践约的信徒
一个告别得如此彻底的人
一个完成了非人的铁石之心
就这样生成,生成而后再
破碎,变为一摊泥土散飞
于无形的途中披上万物的
灰尘的无色无臭无迹的
平凡或伟大或坚定或脆弱
或有或无或真实或虚假
在谁都无知的轮回中轮回

十五

你是第一个或最后一个
砸掉杯子的人,你是

让人疼惜的无辜的弱者
你曾经倔强过欢欣过，甚至
爱过一个少女和不伦的情人
你忍心击毁这最后的器具
你的君子不器之器，和
全部的积蓄，堂皇的前边
微不足道的一屑一片
一粒，一抹微光，一滴水
而且是苦涩的含盐之汗
它滑落下来，吸入泥土
熙来攘往的车与人与风
扫过所有的生之痕迹，再来一次
又一次，悲伤喜悦多情和死亡
光洁崇高与恶俗，义正词严
娇美和小巧和丑陋和伟岸

十六

那个崩塌的穹隆在咫尺
在脚下或高处或一瞬间
无法躲闪无法逃离
破裂的声音如瓷器挤压
如陶的粉碎或泥土混合
掩埋的骨骼与滋生的稚芽
无罪的绿萌之叶随之流淌

葬于无测的沙石之海
等待下一个轮回的造地
造山和沧海桑田的腾挪
这些书页在岩石中残留
在焚火中飞扬,去东方
在水波里荡漾,在乌鸦
哑叫中霉烂和侥幸
落入枯寂的庙庵中
一行行字归于胶泥板
活动的方块被粗手捏起
像糖块一样填入口中

十七

我们去寻找山楂花
那种精致的白色小花和
神秘的叶子,那样的日子
一去不复返,它,它们还在
白沙冈和引人遐想的树
还在,还在苟活和变异中
向世人微笑,它的命运
已经交付给这个无所不能的
揉碎践踏一切的世纪
它告诉我们无情的时光里
为什么有白沙,有美丽的

滩岸和原野,因为有毁灭
有杀戮和粉碎的巨齿
那些可爱的追究者即将老去
或在结束前以任何一种方式
走向结束,走向虚无的沙子
筑成一株山楂花的安身之地

2022 年 5 月 12 日

七里山①

古典的淹没

一座山淹没在古典中
落叶萧索的广场上
边缘小路在蜿蜒
散乱沉寂的脚步
走向西麓的影子
飞向高天的歌谣
所有荆叶都在沉默
散出野生的气味
召唤千年积蓄的
声音的仓储和粮秣
打洞的狗獾不见了
可爱的小手缩回了

凌霄开了

你领我去看老凌霄

---

① 七里山,在济南南部,离市区古城墙约七里,故得名。

第九次劫后余生的藤
攀爬的顽强与清寂
独自在黄昏中享用
一次失而复得的青春
石磴上有一杯遗忘的酒
由影影绰绰的手端起
放下，啜饮，一挥而就
影子后面拖长的脚步
是最美的羞涩之花
是秋葵的朴素苞朵
青砖厢房里的一函
夹放了一枝铃兰
昨天的生命标本

洞穴

在岩壁的西侧排列
张望和守候的黄昏
侧柏的掩护之间
灰喜鹊不再窥探
这巢穴的米色温馨
神秘且幸福如昨
背剑人从旁走过
去老球场汗流如雨
找一位不老翁

讲述洞穴的故事
它稠密的灯火如何
从深夜亮到白昼
那只跛腿老狐又怎样
在林中和崖下徜徉

危崖

陡立,逼近,无可回避
这里是幻想的凶地
脚步迟滞寸寸难移
无测的平庸和背叛
三月寒风吹起
与盛春肉搏的惊险
在它一侧,桃花开了
山樱绽开侥幸的隐秘
行走和追赶并未停歇
生长的循环与欢快
在时间中充盈丰满
在吟唱中流荡而去
那一道禁言的深渊下
有一些白色的堆积
全是历史的卵石

梨花啊

这一株雪白的歌谣
在清晨唱起,在午后
变得徐缓,而后欢畅
我们在光辉中沐浴
感念这不绝如缕的
曾经的流畅和光芒
不再忧伤,不再悲怯
也不再有出卖的绝望
一切的词语都交给它
一切的梦幻都托付它
在高处,在山崖,在这座
无所不能的山峦上
我们找到了心泉
揪住了爱人的衣襟
看到了脸庞和目光

桥

走过的是一个传说
一片干涸而汹涌的
红鱼接踵而至的波涛
那一端伫立的是冬天

是落雪的冷思
回望那条向上的路
那些光闪闪的碎石
那日积月累的故事
后面是它的横切面
像印章落在纸上
红色的朱砂洇开
令人战栗的心迹
想象的漫长之缍
牵引一条老船
没有水了,桥下鹅卵
独自留在涧底

苦楝子

垂挂的记忆后面
是严酷的时代,一些
有趣或可怕的故事
掩住一座山,山的阳坡
出现令人难忘的奇迹
化为整个山脉的气息
紫色的丁香鼻祖
高大浓烈富丽
盈怀的童话扑面
不可言喻的幸福

在这个春天罗列
没人为之作歌,没人
在它身侧留下纪念
我永远不忘童年
怎样在树下拾取

亭亭

不必寻找和细数,它们
在那里亭亭玉立
在山巅等候几个
附庸风雅的男女
摇动扇子,饮用和畅怀
所有的停留都像风
暂时落上树梢
快乐的秋千上有胖鸟
陈旧的流水账驻守
一个个站点,笨拙
抄袭的浪漫悬在
突兀的枝丫上,还有
找不到着落的寂寞
只有一个孩子牵挂
那些逃过猛兽围猎的
星空下的小鸟

荆花

蜜蜂的消息迟迟未至
它们等待一次采访
热烈的情怀和过人的盛情
待在一个角落,一片
阴郁的山隙,听着
沉闷的脚步由远而近
然后消失,去远方
更多的播散和摇动后
是嘈杂的交谈,南北风
在交头接耳中停歇
唯有一个人坐在旁边
这个面色沉重的男性
跋涉千山万水而来
曾经的少年,饱受风霜
无人同情的书生,他
有一双悲悯的眼睛

雨

急切缓慢和粉细的
润湿万物的飘洒
突如其来的浇泼,又一次

告诉大地的消息,又一次
让人落魄地独自走过
起伏的弯路和老路
从脸睫流下,从
心中和手臂,从我
深刻的花园里,从我
感激的爱恋中,从我
不事夸张的图谋中
为寻找你的泪水,求证
自我的静谧和真谛
投入这透明的迷茫
水帘与疏林,来洗涤
张开的伞和遮挡的幕

2022 年 5 月 21 日

七里山松鼠赋

这场等待过于漫长
你去了陌地他乡,在异域
欢跃,无忧无虑的模样
令人神往又无奈迷茫
侧柏何等茂盛,七里山
我安居之所最绿的岩冈
有灰喜鹊和明媚的花猫
四声杜鹃天真烂漫

在晚霞中行走的欣悦,山道
如同心路一样向上登攀
一个灰色的精灵在跃动
我们彼此注视的瞬间
无法相识的风吹向双颊
迎接一个惊喜的秋天
那些饶舌的鸟围拢四周
那些富丽丰腴的年代
涌入山谷,向整个世界漫卷

2022 年 6 月 21 日

十二居所

一居

一间红砖绿帘
藏下原野之鹰
何时飞起,窗口
等待一阵北风
相隔三米之外
埋下烹饪的小锅
腊肠的香味
诱惑一只硕鼠
多少青春做客
多少倾吐和鱼
终于响起音乐
通知唯一的芳邻

二居

我们走向高地
在盘旋的弯道旁
寻找一株粉色小蓟

一条船正在航行

水手瘦削干练

午夜的锚链惊动

一只疲倦的鸥鸟

这座小岛在浑茫中

把陆地剥出岩芯

坚硬的裸露后面

是火的倒影和水

浓雾喷涌的年代

力量和铁和手和身躯

三居

走近蛐蛐的远郊

注定了长长的厮守

周末的小草兔和柳条笼

浅浅的绿植之歌

入夜的荒山孤鸣

侧柏中传来四声杜鹃

最多的花和风，丁香

枝头的意象与沉湎

那些嘈杂喧哗的年代

那些外省的记忆

就像山的两边，河的一侧

升起二泉映月

交织的声音,冰与火
从这里踏向城堡之路
无限的探究与消磨

四居

曲曲折折的深巷
一丛垂挂的大凌霄
转弯再转弯,院落
沉默和孤独的居守
站在干枯的阳台上
遥望那条奢华的巷子
一处不可思议的中转
隐向何方,中年
一个成熟疲倦的季节
一串火红的金色
空旷的下午有些漫长
桦木地板下龙骨在响
沉重的踱步声又来了
等待再一次转场

五居

茂密的侧柏之侧
陡崖下,松风中

就像流放到边地
那么多清冷的晨与暮
那么多散淡寂寥的心
此程遥遥，断断续续
故事压紧在背囊中
七里山下的红叶
点燃空旷的夜晚
走出斗室，伏在窗前
看此地星辰是否新鲜
看那轮弯月的光晕
如何笼罩苍老的年代
先一步走进秋天
吞进大把凉风
深沉的岁月来了

六居

电梯通向七楼
一团白光拥满胸襟
这么多鸽子在等待
到处是飞翔的翅膀
我搭起无数搁板
枝丫上有一座座巢穴
我钟爱纯洁的白色
我让光在这里倾诉

角落里潜下

一个个敞开的洞穴

落入一些粉色和绿色的笺

静谧的下午,茶沸了

翻阅黄昏的册页

看一枝焦干的菊花

嗅着岁月的斑驳

掺杂了刺鼻的铁锈

七居

东去九百里

在路边等候流亡

在荒野南边,在

大风停息的海角

筑起四十平方米的小巢

注入浩瀚的容量

装满所有的故事

从这里涌出,流向

未来和记忆的沧桑

转折,出发,并轨

完整和淳朴的年轮

沉默与喧哗的日历

一座辉煌的人生宫殿

八居

探视和窝隐之所
小小的,坚实而严密
就像一枚成熟的核桃
时光雕刻它的硬壳
做成一只船的模样
木质的,硬木,桨
搅起温柔的波澜
在秋天的海上行驶
在飞鱼的牵引下
走过一朵朵铅云白云
去一个汹涌的角落
在桅杆的高处
看到那个严肃的朋友
那只孤独的大鸟正徘徊

九居

一处小小庭院
一株无花果,藏下
西域的好消息
它进来的日子
举起顽皮的双手

在旷野飞驰
在匆促的告别和
无以计数的相逢中
发出轻率的喊声
请享受这河畔之家
按时开放的茉莉花
甜井连接山地
蜿蜒而来的溪流
沿途有大猫游走
岁月喜在心头

十居

明敞的三层之东
安怡而又平庸
就像一条入水的鱼
激不起一声涟漪
层层绿苔之下
小心地抚开
那个密封的剑匣
入夜的静谧
响起心弦的叩击
谁将此地命名怡园
谁来寻觅沉寂
一个蜷卧的生灵

一声吞咽的呻吟

每一次归来都是别去

每一声问询都像风铃

她亲手种下水仙

她注视冷漠的青年

十一 居

这片曾经的荒野

这片叠起的碧浪

在深处，在一角

在一条隐去的小径

耸起一座心灵的高塔

可遥望小岛

一只白色的航船

汽笛声唤起牛哞

梦境楚楚如新

我们去莎草边

我们去白沙上

打开四季的屏风

放纵狂野的心

就在此地抛锚

安息和假寐

欣悦和彷徨

十二居

威武的远方
东部小城的太阳
照耀一片清爽
在此沉入幽思
隐秘和悄藏
一群鸟儿渐渐旋去
化入北国云气
归来当是冬季
角落里几张彩笺
落满异痕
苍老的心情
轻飘的脚步
恍然迷离的世界
天涯海角的一端
送来摇曳的黄花
记忆的飞骑
蹄音抵达耳际

2022 年 3 月 17 日

我打算去北方

我打算去北方
不太远的北方
掘出一地红薯
割去黑色瓜秧

我打算去北方
不太远的北方
裹紧翻毛皮衣
饮下瓜干酒浆

我打算去北方
不太远的北方
心底炽烈如火
须发早已剃光

2022 年 3 月 16 日

我去过的远方

除了一些冷僻的角落
我去过所有的远方,它们
拒绝记忆,幸有存根簿
积累和叠加,连缀和延长

另一个轮回的热地
保留街巷和大树
等待一次或多次重逢
飞来飞去的鸟儿有些陌生

一切都在数字时代里等候
在那里会集和见证
远方变得切近而又迷茫
模拟的神奇让人绝望

我比任何时候都需要童话
无论谁来讲述,都胜过
千里万里的游荡
我用它否定那个无常

人的一生不过是更多的远方

哪怕他一直驻守故乡
哪怕看住了田边的树
只要还有一腔热望
就会日夜不停地猜想

我有不可放弃的一念
那个必要来临的归去
一次告别竟这样漫长
一直等到须发全白的日子
一直熬尽缓缓收敛的天光

2022 年 6 月 5 日

锦鸡岭①

小草径

它由一群秋虫勘探
由最大的蚂蚱修筑拓成
而后是失恋的人踯躅
磨成一条细线在山腰缠绕
它文过了秋天和夏天,向冬天
献出自己辛苦的躯体
一片草芒在阳光下闪烁
干旱的夏天,沉默抵御焦渴
多少莽撞的人若无其事
在这条小径上来往,享用
芸芸众生微小的力气
生成的创造和演化的至美
有个暴躁的东洋人穿行此地
说到岛上风物、家乡,对大地
抱怨和不安,然后记下一些字
携过南北,携过东水

---

① 在济南南部,形如一只降落的锦鸡,故得名。

葛根

它在拐角处的某个时辰
在幕布拉开的特别空间
垂顾一些仔细的神情,叙说
地下的情形,淀粉和土壤
粗倔的瓜状根茎和传奇
攀在构树和侧柏身上
一起欢笑,沉思和惆怅
这里不怕挖掘,岩石野地
藏下一把古琴,无弦
无从弹拨,却在风雨中生长
枝叶衰去的冬天,只有松绿
掩去枯萎的发声器官
地下有银子,有珠玉
地上是一座荒芜的山
是三三两两的情义之士
抛下的青春的许诺
一些甜言蜜语和信誓旦旦
站下,拥紧,耳鬓厮磨

巨人脚印

在西侧的攀登之岩上

有一个巨大的脚印，踏在
没有冷凝的岩浆，印下
一万年的痕迹，图章
盖在此地，永不消失
那个疾走在历史里的家伙
浑身毛发浓密，大眼如同
深邃的石洞，呼吸好像
午夜突起的阵阵北风
而今的黄昏摇动苦草
晚归的孩子心旌摇荡
全是不着边际的思想
全是怦怦心跳的从前
泛滥的野心和狂想
时光揪紧了所有树木
时光捂住了裸露的石头
时光包容和忍受一切

床石

它是唯一能动的巨石，可是
只有上苍才能搬动且放在
这座山的西坡上供人猜想
抚摸和使用，一年年，无限的
手与脚在磨蹭它的表面
它厌烦的时候会说些什么

它会抱怨冷雾之日的潮湿
会在孤独的时刻站起
站起来剥折一枝红叶
这么多袒露的秘密和无常
不知道什么是可以更动的永恒
以及永远不可更动的顽强
我们从它身边走过不可能
无动于衷，也不可能放肆地
仰躺在它的身上闲谈
有一种无测的磁力在散射
那力量一直跟踪人的远行

山的那边

在另一面消失不复相见
时时闪现的一种恐惧
就这样来临，朋友和影子
像秋叶旋到树梢然后
不再落回纵横的小径
那摆好的路边石一颗又一颗
像玉米一样像牙齿一样
所有人都是外星人，无缘无故
出现和创造，隐匿和复活
无法理解的物理动作
在这座不高的连绵的山上

一次次重复，直到麻木不仁
多少记忆都凝结了
多少身姿都僵硬了
你的声音在栾树下悬挂
一只新鲜的鸟鸣在呼唤
你那非常普通的名字

降落

你的名字源于一次降落
本来是缓缓的笨拙的飞翔
是世所罕见的一种吉祥
长长的彩尾和神圣的头颅
朝向西南方的伟大仪式
太阳落山时留下一片金色
有人以此命名，而我
偏要还回你的真名，它的
至美来自广袤的林野
还有不测的天籁自然
在毛发覆盖下有一条脊背
分割了耸立了起伏不已
因为一次长长的耽搁，你
不再离去也不再挪移
你堆砌自己并依旧使用岩石
镶嵌了古老的童谣

雪路

绕到山的左侧右侧脚下
以光和金属的合奏呼唤
肃穆巨量堆积,缄默的
永不可解的隐喻和贮藏
我们如鸟一样踯躅在岛上
如针芒般密密仰起的顶部
那麦茬一样的夏日中午
那闪闪的耀眼的逼人的
是微风,是冬季微风,围巾
在颈上抚慰我们炽热的
心灵在激颤中微微感念
这样的时刻这样的静谧
山鸟无声,闪烁肃立,水
在巨岩下呜咽然而只有
那只小小的狸鼠能够听懂
我们双翼轻拍,唯恐惊起
这浅浅的晶莹的光

晚霞

你有什么不能忘怀,不能
淹没在记忆中,你仰向

下坡的西路的上方和前方
脸色回到了应该的本色
那是六月的杏红色,以及
秋天沙子下的块根
甘甜的红薯的颜色
从半空噗噗降落和展开的
无语的喧哗和重瓣
大丽菊的落英,是隐下的
无数羞涩的时光
渴望融入的辉光深处
有愈走愈深的深深的橘色
它在沉淀中幻化和演变
最后更加严肃,你
领悟这凝结的意蕴之后
仍然那么乐观,或幸福

小鼹鼠

华美的小躯体让我们沉吟
如你的沉吟,你的欢愉
摆动的鳍不畏艰辛
摇荡的无根的蹒跚
南极才有的意象,在这边
在泰山余脉滑落
复又跃起以强调青春的

无限活力，只在这一刻
这灵光飞扬的不朽之树
这万千生命必有的刹那
如果那只粗壮的手牵过
如果不足为训的关切送达
最亮的黑色皮袍将轻轻垂落
挂在灌木上，苦草上，在
地黄花的多毛墨叶上
纵横交织的长廊在空等
一个迟迟不愿回转的主人

岛之水下

茫茫的海升起又降落
水流静默的颜色深下去
流下去且化为不留墨色的
陌生的夜之汁水，浸泡
一些自由的身躯和灵魂
健硕的雌鱼在这里产籽
凶猛的大鱼在一旁守候
频繁的尝试和培育之心
永远不会熄灭，不会停止
只有余下的时刻，鳍在划动
攀上岛的顶部，看月亮星星
它们隐而不彰，只有

浓浓的水在淹没合拢
只有温吞吞的平面下，有
无尽的角落，岩石、礁、砂
它们才是永恒的温床
无声地返回静流之中

永恒间

横亘的不远的远方
苍绿的变易和长久，它
在谦逊和傲慢之间永恒
在期许和拒绝中迎送
那些故事在凝固中变为
一些小小的彩石，一些
每年发芽的小马尾蒿
我们都盼望生出雏菊
可惜全是奢望，全是
不着边际的学生腔
它既不预告也不许愿，不曾
向任何强悍低头
它微笑或面无表情
任由顽皮的蚂蚁四方游走
在这里演示更迭和死亡
快乐的微风拂动狗牙草
从山的这边到那边

独自

是的,这是一个人深入
浅出的一次回访,不事声张
没有拿一把琴,一粒种子
表情肃穆的男子已孤单
孤单回访一座山峦
一座古老的城堡,踏过
每一条街巷,在摩擦的石头上
再次抚摸,印证细小的趾痕
收集余温,装入浅浅的口袋
留作半生的余粮,当成寒冬的
慰藉和回想,在守望里
一粒粒咀嚼咽下,果腹
一个人的长路雾霭重重
一个人的心愿爱恨交加
一个人的睫毛风霜披挂
一个人的影子树叶飘洒
走向最高处然后往下,往
最深的沟底进发
这里淹没得更早,或者
黎明前已无法回家

未能告别

猝不及防的从容和笃定
将消息送达、滞留、存放
最后搁上最高的树丫
让我悲叹和焦虑
反复奔走和叹息,你的
还是我的青春被终止
被乌鸦叼上山的阴坡
耐心缓慢地处置之后
又如此无情地抛弃,如此
忘恩负义地带走了所有
鲜美清晰的今日和明日
我并非挚友的往昔和未来
我的怀想与痛恨并存的
热爱和温情和智慧和苦难
就这样汇集伫立等候倾诉
不愿成为今天的过去
你是自然之傲骨,你真是

余音

涨满的墨绿不分彼此
没有边界没有开始和结束

回荡处找不到那个原点
它在内部，在深处和幽微之中
在苍茫的心灵照料中
在无始无终的循环里
或者从无存在地存在
从无消失地消失
一个与生俱来的谜语就这般
屈指可数地罗列
让你来不及惊叹和费解
让你依从和反抗同时发生
这是时间堆积的伟岸
这是人的渺小和彼此的幻觉
这是自己的投影和照葫芦
画出的一只舀水的瓢
是人生仅取一瓢饮的
最大最虚无的一只瓢

2022 年 5 月 22 日

明渠莎草

丛丛楼阁的光
照亮螺蛳的眼睛
羊肠小道,太阳初升
牛蹄踩中童年脚印
打开快乐的机关,雨燕
滑翔如梭频频穿越
小蜻蜓的肚腹是指南针
指向哗哗鸣奏的光阴
我从茅屋来,我从那条
隐秘的花径大步飞临

2021 年 10 月 19 日

莎 草

回望渠水和笑脸
绿色长茎探望水面
星星互映的夜晚
没有月亮对视
絮语,歌唱,猜谜
进入一个久远的夏天
花鹿披风飘飞而去
拨动无数茅草和花瓣
它消失在天际线
在大海这一侧,在银滩
在扑扑波浪处
在没有头尾的梦呓中
外婆醒来天已黎明
鱼肚白下有一溜山影
上方有几颗星星
声音像葵朵那么大
像一种块根,比如红薯
埋在黝黑的泥土下
渴望的卵石,谁来挖出
谁来拾起,献给
高原上裙裾拖地的少女

面对目色沉重的兄长
没法讲述心底的隐秘
午夜无眠的时刻
含泪的葡萄和南方柑橘
一起交给时间的手掌
谁告诉桑葚是这样生长
谁告诉莎草就在渠旁
长满蓼花的沼泽上
那么多只腿独立的鹭鸟
它们的白羽写满谜语
你往东方，我往西方
你走到水边看背影
他正赶往流沙旱地
捧起遗下的籽瓜
每一颗籽都等待入土
甘甜的日子无边无际
可是谁来播种
是你还是他
那个若无其事的老者
替你操劳自己的童年
所有宿命都在叶子里
嚓嚓不停的鸟雀
收声敛口，翕动颌部
睁圆那双飞翔的美目
远望缝合的两片大地

各自怀揣隐秘的历史
高原与大海交会之期
接缝里藏下几颗斑点卵
被魔法变成了卵石
泡在水中荧光闪闪
捧在手里献给莎草
一个少年狂野奔跑

2023 年 3 月 19 日

南 瓜

你的面庞多么慈祥
我爱你无与伦比的容颜
你的美丽来自上苍
你的五彩源于霞光
与你同眠之夜
如此情深意长
一年四季印在身上
额头饱满，通体斑斓
美妙时光无可尽数
我拥戴你的心情
只有老伴能够了然

2022 年 7 月 3 日

骆驼念

消息是一头骆驼
双峰驮满大山故事
一场虚拟的人流
在肩上留下喧声
离耳廓太近
目光落在荒野尽头
那里有一棵橡树
拖长苍老的影子
影子下走出一头老熊
骆驼双眼微微抬起

2023 年 10 月 29 日

敏与忧

起伏动荡潮涌不息
如春天闪亮的游思
不留刻痕的岁月之心
烙痛和抚平的记忆,在
摇动中持续和不可持续
眼与耳的输入在磨钝
撕碎、拼接和埋葬
没有形迹的风举起重物
重至不可承受之重
扔在无声无息的昼夜
在灵魂一角生生灭灭
三叉青铜烛台正飘摇
一切不必留下,不必交与
那些微小的拳拳之心
一丝依恋和奢望尚存
滋生无尽的苦愁悲悯

厌倦死亡,还有爱情
如同厌倦金钱和
鲜花簇拥的青春,因为
衰老的不期而至

将悉数收下碎银
连同一颗鲜活苍老的心

2022 年 5 月 20 日

车上的白银

车辆载满白银
在平行的铁轨上飞奔
一条通向无穷的远方
一条驰向晨曦的小鸟
小鸟在等候中展翅
衣衫是紫红的主调
纯洁的心灵和粉爪
浑身披满彩虹
衔来煲汤的松茸
驮来玫瑰的瓣朵
听铿锵之音和摇动的铃声
水和酒在溪头封存

探望飞驰之车
无尽头无终点
如同童年的奔波
好似大山的寻觅
爱就在手边
时间飞闪即逝
雾气在山后涌动
雨水换来薯条

三文鱼沾满汤汁
天使的金属轻轻落碟
由远而近的风
降落下来,铺成薄绸

2022 年 7 月 4 日

在激流中

在水中,在激流中
淘洗和浸泡你的品质
携走你的部分生命
感受它的方向和目的
窥测它的遥渺和未知

不可遏制的奔走
留下一片必须面对的波涛
生存于时下的真实
立足于奔涌的急切
屈服于藐视和倔强
你盯住交出的部分
索要内心的凭证和票据

未来会记住你的挣扎
你是未来的最先抵达者
你把特异的心情送到远方
心的传递如同光速
你一直在不息的奔流中

2022 年 7 月 27 日

未知的时刻

一

我在未知的时刻
感受那个边缘
边缘上的银色闪光
冰冷的弓与弦
一道光为我所迷
不知它在山的上方
还是海的上方
不知它在我的一边
还是你的一边
手捧无法言说的心事
迷惑的美丽和玄妙

二

我抚摸两条背带
它勒在肩胛中间
那里有一片茅草
它们长在低洼处

正在汇成沼泽
我沉醉于一些
莫名的蓝色幻想
额上的毛发压迫
这羞涩的生长
这无畏的遥望

2023 年 3 月

致果园的浓叶

在沙原,在屋后
在心的边角
沙沙响的边缘
揪紧滑落的斜坡
衣襟扯紧枝丫
酸涩中咽下喜悦
沙粒在脸上滑落
甘甜的秋天
从夏天开始咀嚼

2021 年 10 月 18 日

致鼹鼠书

修书的日子是一个酷夏
幽暗的火纷纷落下
西山的种子一丝丝
萌发,长到李子树那么高
结出蓝色果实,滞留在
一个混乱不堪的渡口

夜的暖流漫至屋顶
小小的角落在沸腾,硫黄
塞紧这空旷的时刻
等待那条小船在黎明前驶出
装满火药,没有声音

它若无其事,抖动黑袍
缩向深处,在午夜探望
自己的胡须,窗上的星星
自叹这绝美的脸庞和无比
骄傲的心,一颗高尚的心

所有油亮逼人的黑袍
都有无可比拟的道德

所有长长拖地的黑袍
天才的小物才配穿得

老人在炙热中沉默良久
夏日煎熬告别一杯老酒
那条黄花鱼还在尖叫
阵发性的呼号渐渐平息
没有人说到那只黑色生灵

打开一册生涩诗章
为自己庆生,放声歌唱
小小洞穴一早摸到真谛
哪里的歌声都没有这边嘹亮
失去皮袍的人活该惆怅

拨开火的缝隙,铺开纸
滚滚汗粒砌成水墙
一行行小字在蠕动
何时才能上路,才能抵达
把那个小屋的木门叩响

2022 年 6 月 20 日

第二辑

你听，开始了

在零和一的组合中
你听，开始了，原点
出现在分界线上
不可回返的一程
呈散射之姿飞向
无限幽暗的星汉
颜色粉碎为流汁，化成
泥浆和水流奔涌
夜色与阳光混而为一
无限敞开的封闭
无比聪慧的愚蠢
一次神算和未知的搅拌
一场庞大无测的启动
因为生逢其时，听见了
思绪与光束的脚步
那绝非生命的节奏
谁都无法预知，可是
你仍然要听，你听
它真的开始了，你不再
恐惧，盯着最终的降临
那是从未有过的

不值得恐惧的恐惧

2022 年 5 月 2 日

爱之吟

一匹马

无数次借用锦缎说你
没人厌烦,没人
忘记你的大眼睛
那蔚蓝的水波
闪耀着纯洁的心灵
你流畅华丽的姿容
你的远方和同行者

一只羊

你是和平富足的象征
我们故乡的徽章上
印有你的身影
世界依赖你的温顺
你给明天许下保证
你的行走洒满吉祥
你让无边的岁月愧疚

一只猫

你的沉思辽阔无边
包括我的童年和老年
我在你安静的神色里
睡去并梦到一个
荒凉的下午，那片
孤独的阴凉，不知道
自己冲动的另一半
在哪片云彩下边

一头驴

多少次想与你一起
离开拥挤的街区
寻找另一片繁华
随你默默而行
不停不歇，直到太阳
落下，再次升起
在大山的后面
搭建一座草庵

一条狗

拥有你的忠诚
才会像一个真正的人
不再羞愧和虚伪
不敢凝视你的目光
你的信赖过于沉重
每次都因为如此
世界被压得倾斜

2022 年 6 月 1 日

果园记

一

白沙下的桃核还在沉睡
一株小草已经上路
一万年的种子
依偎桃壳,鸥鸟和鸽子
怕它惊醒,让它
蜷向毛发盘绕的小茸窝
中间是灰白斑点蛋
风在高处,秋风和寒月
穿越今夜平流层

二

根脉绕开死沉的魄
魄在下边,而魂多么轻盈
它跃上树梢或更高
与无数同伴聚拢成云
呼唤魄,变成雨
淅淅长丝正在垂钓

有润湿就有再生
它们寻找一片果园
让芳容笼罩有形
让有形仵立树桩
长出一片仰望的喜悦
闪烁幽黑的绿色

三

那条遮阴小径
探出红苹果的脸庞
俗腻的比喻牵来叶子
遮去黑葡萄和深色水潭
将露珠缀上萱草
给新枝套一枚指环
蜜汁浓烈渗流不止
在沙子里变成琥珀
留给一个迟到的男孩
他在树下翻开自己的书
用未来的手汗湿弄皱

四

一页页伸展干结的皱褶
找沙子下的蹄痕

一个瘦长的喂马人
一个黑衣人，掩入憧憧树影
传说和记忆同时隐形
捂紧胸口的坏消息
单薄的下衣阵阵抖动
孤鸟衔来一粒种子
呢喃中掉入小狗的蓝眼
它会萌发，长出
又一棵参天大树

五

雨水洗涤叶子
叶子流下汁水
染黑少年的头发和眼睛
染黑他的颈和肩
直到未来的雪
再把头顶漆成白色
雪白雪白，白得
像他张开的乳牙
咬住时光的母亲
又被冷酷的父亲领走

六

粗长的线把种子缠紧
系上无法解开的死结
一只透明的手
伸向星星一端
伸过星河对岸
天空不知何时横斜
又在何时隐去
躲闪那个奇点，悄悄的
垂睫若思表情木然
瞬间吸走所有的风
所有子虚乌有的光阴

七

叶子层层叠叠
坚如磐石，谁都无法揭开
一群小雏摇摇晃晃
等待羽毛的簇拥
小手麻得握不住
颤颤滑滑的羽绒
垒垒乌云遮住天眼
小径在下方蠕动

比刻舟的剑更加逼近
一只娇嫩的小手

八

果实在黑夜诱惑
一个羞涩的出口
不知在风的上游还是下游
河的入口还是源头
潺潺流动的小溪
映出紫色的黎明
沙子开始流动
淹没整片荒野
握紧无边无际的曙色

九

沙子下的硬结
注满等候的水
风在树梢倦怠
那些无法归置的时光
发出无奈的叹息
那颗温柔的心房
不再颤抖和恐惧
流浪者惦记的小巢

已在遗忘中倾覆
没有完卵,没有
一声稚弱的呼叫

十

暮色撒开大网
螺号传来海族
通宵达旦的争吵
它们收集陨石颗粒
捏起小小一撮
装进滑腻的口袋
沉甸甸的胃有些疼了
元老院的会结束了
人间篱笆爬满藤蔓
阳光和水各自归返

十一

重新踏上那条小径
找到密挤的山楂花
攀爬沉寂的庭院
看那只翩飞的小蝶
通身银亮
荧光闪闪

我故园的篱笆

被梦中的影子挤偏

我种下的菠菜

被一群陌生人踩烂

2023 年 3 月 20 日

何为永恒

所有的定义都天真可爱
所有的沧桑都变成孩童
恒定的口粮凝固了光阴
古老的容颜出自调色板
它握在无所不能的手中

那只手从不颤抖,从不
苍老也从不温存和怜惜
它是一个必须存在的
从无到有的一次虚拟

投掷和假设的总和
是纷乱与规整的全部
从种子到花,从沙子到水
从死亡到新生,从睡眠到苏醒

世界上没有意志只有投影
投影生出意志的翅膀,然后
开始飞翔,落在必然的网中
从不挣扎也从不呻吟

痛苦与狂喜的表象下面
是一片木然无察的石头
是无法识别的土壤的面容
孕育另一场秩序的萌生

慷慨激烈的思与行，冲撞
淹在无边的空气和水中
分解只是一个小小的过程
覆盖的波浪滔滔而来
无限庞大的水体化为一滴

格局既定，没有格局
揉碎重塑的揉碎之后
是既无温度也无疼痒的
那个熟悉的关于永恒的命名

举手投足都是那个东西
它的名字叫永恒，它是
转瞬即逝的一阵北风
天翻地覆与之等值或相同

2022年10月2日

捕蜇场

一

滚滚乌云下边
一排遥远的紫翼
像奔赴一场喜宴或死亡
疯迷不倦，远渡重洋
接踵簇拥，呼喊中扬起彩带
拴到世俗的陆地上
攀住从未谋面的橡树
和烟囱一样高的生灵
以无语和阵阵轰鸣对话
它们错了或对了，它们来了

二

一片撑在海上的雨伞
又如空降的风筝
神灵之手扯断
那一线牵连，那一片
没有形影的自上而下的纸鹞

变成一层惊诧的漂浮
白色的纸，厚厚的皮纸
或高高飞起的
它们曾经是什么
它们携来的讯息让人缄默
这片呼号的液体高举的时刻
从春天到秋天的等候
等来惊心的造访

三

挖好沙坑，撒满矾与盐
坐待一些不速之客
它们的大嘴巴和外星人的眼
以无人可知的方式吞食
它们不停地豪饮度日
女人垂首而立或抄手枯坐
望着远处的碧色山峦
那亘古就有的滔滔泪水
汇集多少泣哭的生灵
从南部山区和平原
从更远的陆地边角
流浪的山水和腥咸的小溪
日夜兼程不离不弃

四

这是来自大洋深处的
盲目的偷袭和抢掠
它们发现了新大陆
新大陆是沙质的
有树木,有高高的行走动物
被称为两腿兽
不怕彩色飘带缠绕
骑上骏马奔驰,驱赶世上
一切温柔的神话
木头车往复巡行
载满风筝,半路折返
去看大海漂来的白帆
柔软透明的生灵
在这儿趴伏了很久
从半夜到黎明,再到黄昏

五

这是一场奔赴还是杀戮
不得而知,无数长爪
揪紧不能出海的舢板
在一丛红须下纠缠

扩散围拢,准备一场腥膻的晚宴
蓝色的立方体在破碎
无数的冰雪瓷片从高空垂落
瞬间穿透,狠狠击破

六

终于等来了一群投毒者
悄然莽撞地登陆
在荡漾中展开绚丽的想象
做出最后的舞蹈
这片露台上演了几世纪
而今又轮到它们出场
这是一次没有伴奏的狂舞
这一刻要标注在数字下边
上年纪的女性坐在那里
开宴之前一直看着

七

这次相逢不知错在何方
一场无法猜想的交接
一场虚构和一场失散
没有人告诉我们
没有任何声音预告什么

就这样訇然降临
天空点起蜡烛,一排排
从天幕出现,不再垂落
与沙岸火把对映
发出灼烫的嗞嗞声
预言灾难性的后果
所有登陆者都无法回返

八

一道道鞭子无形、透明
不停地驱赶一片奇形怪状的马
另一个维度里的飞碟
帆船或其他飞行器
在浓稠的空气里飞翔不已
它们没有翅膀
靠抖动的滑翔和旋转而来
在曼妙的颠簸中
顺着远处的和弦到来
那是另一端,另一个世界
一个人所不知的世界

九

煎饼一层层折叠

就像人类的报纸一样
叠成一束或多层
在干燥的地方传递
没有目的也没有希望
今天的时光依次变成
沉重的压迫和隆重的
宏大仪式,呼唤
一些奇怪而荒芜的名字
闻所未闻的发声
让时间感到有趣和阴冷

十

那片震耳欲聋的呼号
摇动一串看不到尽头的白帆
小小航船来自哪里
为什么启碇,为什么
在风浪翻涌的港口抛锚
在透明的润滑丝绸下面
召集一些伙伴畅游和飞翔
这一路的辛苦和迷茫
只为赎买一片昏暗的天光
在月亮的纯银音质下边
听命运轻轻伴唱

十一

我们的衣服是水做的
我们的手脚和翅膀
我们的一切都是水做的
我们彩色的发辫是水做的
我们把水绞给客人
让它们饮用,它们把咸水
咽下去,品咂感受
淡淡的酒味和微微的酸涩
它们最后还要喝果汁
品尝沙地上栽种的苦果
它们挤出的体液
倾倒在我们身上
然后抚摸、按压和催眠
让我们永久睡去
睡在一个覆满沙粒的世界上

十二

马蹄和辚辚车声响起
另一段行程开始了
岩石和泥土筑起的前途
不再有那么多温存和抚弄
也没有那么多森林
没有那么多海棠花

西部高耸的峻岭上
曾经挤压永不消逝的白
这些白色变成盐粒
由我们驮运到南方
经过一双双苦难的手
满是老茧的亲吻之后

十三

那些骗人的黄金谷的故事
走到尽头不过是
洼地和沟壑，是废弃的水道
莎草全部死亡，沙子
等待近在咫尺的浩渺
如此荒诞地干渴
上一个世纪的灌木
中间不乏美丽的花
这里从来没有黄金
没有许诺的富贵部落
淘金者到底来自哪里
他们拥有一颗焦渴的心灵
找到了歇息之地
一些游魂在守候
一座无形的空旷宫殿

2023 年 3 月

野生的翘望

在路边,从花园篱笆内探头遥望
我是野生的,从不进驻玻璃房
花瓣另一边有很多眼睛
它们望过来,多情的目光
浓密的睫毛,粉绒绒的注视
走向很远,然后绕回
询问泉水和果实
野生的,往上攀,攀到窗台
攀向篱笆,挤进叶子缝隙
精灵出动了,在洒满星光的夜晚
讲述一些重复的老故事
水缠绕在手里,双唇之间
摩擦出一些美好的许诺
在汩汩流淌的声音里
安然睡去,等待隐藏的心事
大红苹果似的脸庞

2023 年 3 月

献给大尾巴狼

早就想呈上，给你为你，实在难忘
你在原野上徜徉真是有趣
猎人因为喜欢而收起了双管枪
那些鼓胀的霰弹派不上用场，像石榴
剥开时才有甜汁，闪烁光芒
你的尾巴竖起或耷拉都很显著
你把无数费解而神秘的咒语
撒在尖尖的刺猬皮似的草芒上
所有的大生灵都在传说你这
语焉不详和稀里糊涂，没谁敢
伸出指责和怀疑的手指掀开衣裳
因为没有衣裳没有一丝布绺
半夜里你在草窝中笑出獠牙
旁边是供上的束脩和无花果
是用来抚慰的花猫前爪，胖胖的
你握住它划拉一下胸口，享用
众人的愚昧换来的慷慨和
无穷无尽的福利，掌声和鲜花
你如果高兴，就把大尾巴摇一摇

2023 年 1 月 21 日

夏日将至

一

痛苦的老友诉说
一个忙碌的季节
趣事和阴凉的闲暇
属于少年和青年
美好的记忆之蝉
水渠的流淌和鱼的嬉戏
无知的酸涩和甘甜
这个离冬天最远的日子
上苍为大地医治偏头痛

人生的第四个季节
而后就是更多的春天

二

热烈的歌谣收入口袋
丰腴的日子坐下来
与老人和异性分享

一颗颗摆在膝前和席间
在柳木盘上放一只杯盏
成熟的面庞上方
是闪亮的银发和轻皱的眉

到了秋天,找到迟来的
恨或爱或其他故事
在炉火旁——展开

三

惧怕和欣喜交替出现
繁盛和拥挤痛苦不堪
季节性的疯迷围住城郭
无聊的日子必将中和
那些宽容的老人清醒时
睿智的语言可真多

我们去找他们的家
散落在林中空地的居所
带上一些烟丝和酒、糕点
演练五十年后的生活

四

无论怎样厌弃或珍惜
都觉得太晚太晚
火热的夏日是一个节点
是生命的山巅和繁衍
它的后面,在一切的
逻辑与真理生成之前
都是一缕衰败的余音

趁着晚霞散落的时光
好好享用一杯醇酒
这是耗尽半生的酿造

五

等待它消失净尽
抽走腼腆的笑容
冷静下来的山脉上
红叶孕育新的美妍
那边等待一次交还
这不劳而获的天空
后面是以逸代劳的上苍
是我们的缔造者和守护者

但愿他们能专注一些
唯有每一年的秋天
大地上最充实最忙碌
我们将忘记一切

六

那个拒绝的日子
正从极地缓缓而行
属于北方的月份在移动
所有的南方都变得安静
准备一场悄语和诅咒
在黄河中下游,烈酒
已经备好,劈柴码起
比帐篷还小的土坯房
草泥堵塞了所有缝隙

严肃的杨树练习一支歌
在冰凌中献上,纪念
荒原上死而复生的孩子

七

我们记得马背上的月光

节节草的绿色染过
小兔的嘴,少年的镰刀
闪动光泽,藤萝架下
围坐一些饶舌的老人
去河边吧,那里有嘭嘭心跳
有潜伏的大鱼和猫
树梢上有一只猫头鹰

所有的故事都写在日历上
所有的日历都被遗弃
五十年后盼望一声哨音
我们集合出发,重返
那条长满香蒲的河岸

八

在故事和蝉声停歇处
风和网的铅脚一齐落下
无边的围猎结束了
尖叫和沮丧堆在一起
最后全都平静下来
接受这疏而不漏的真谛

咱们唱一首爱的歌谣
这才是生命的力量和风度

你在经历中拥有过
你在血液中流动过

2022 年 6 月 1 日

夜　酒

杯中盛满夜色
浅浅一杯，轻轻
啜饮的时刻
光阴在透明处
一点点沉落
心的刻度记下了
这边的温煦
这未曾放置火炉上
灰白色的一只陶钵

谁在低吟，谁在
思念波光粼粼
紫色和黑色的液体
没有星月的窗下
默许这么多幸福
这么多宁静和安详

2022 年 3 月 20 日

一　滴

一路苦寻不得，一路
不倦不弃不甘
一颗清明安定的心
一双洞悉的眼

在最后的困蹶中
伏向一线清泉，忘记
浊不堪言的时刻
干裂的瓣膜染上一滴

破碎的即为永恒
丧失的就是固有
一个燃烧的星球交给
真实而冰凉的缄默

2022 年 5 月 29 日

鸢 尾

两株鸢尾开得多么欣悦

它们都是异乡人

彼此看见飞扬的

裙裾和隐匿的身躯

相逢于凌晨,紧紧拥抱

不再放开不再游移

用尽最后的力气

在不得不告别的气息中凝神

在洇开的墨色中迸溅

西部和东部的碰撞

隆起一片高耸的大陆

高原呼唤海洋

呼叫一个滚烫的乳名

2022 年 7 月 11 日

呓语和银币

吐出的每个字都化为
银币,是不知所措的
交换的依据和凭证
潜藏处的那个主人
脱下打坐的紫袍
开始沐浴,不再冥思

一枚枚撒在地上
谁来捡拾这些晶亮的
古怪的扁平金属
除非这个世界迎来恐龙
河马不再咀嚼水草
叼走永恒的巨翅鸟

银币不过是时光的呻吟
是这声音结成的硬块
捡起,赠予,抚摸和积累
压扁的山石发出叹息
沧桑的造型需要简洁
像水一样只能蒸发不能磨损

轻薄得无臭无迹,汇入
气息,掩在漫流的夜色中
它们在翘起的一角爬升
赶在黎明前变成一条银河
仰望的童话就这样生成
原来虚无与实在相互印证

2022 年 6 月 21 日

劳 作

我将完成的劳作
堆积成小小的
一丘，让其自由萌发
一片斑斓葱绿
这些拥挤的生命
卑微和不屈的沉默
丛丛目光投向我
无数少言的挚友
无尽尝试的机缘
全都归于流浪的部落
我有不可逾越的边界
我有低回的音乐

2022 年 7 月 9 日

连接和丧失

当神秘的接连发生
与浩瀚的世界接通
一霎时,方向和心一起隐去
遗弃的是全部而不是局部
是消融而不是瓦解
寻觅分化和平复的痕迹
努力辨识你自己
试图用手按住游丝
墨色如烟的飞扬
一切如梦,空空荡荡
你被弃于荒漠
举目无亲两眼茫茫

2022 年 5 月 2 日

1978 级

一

在那片野麦草的招摇中
寻觅一条灰斑苦难鱼
它在淤沙和黑泥中喘息
在热风中伸开机缘之鳍
裹起草缕和伤趾
拨动一颗小而又小的彩石
一个消息在路上蠕动
同伴的声音已经淡弱

二

所有的来路都在草籽下
在一粒粒拣选中分成
小小的部落,帐篷里有
青铜杯盏和烛光摇曳
长长的荒原之路和南方
都在脚下延伸,在远处
放射出刺眼的光,有轮声

辚辚碾过青春的耳廓

三

难以遏制的幻想之后
是一副破旧的行囊
永远跟随的麦草和烟末
焦黄的手指留下了长夜
沾着昨天的焦糖和
无法祛除的气息，怦怦
心跳变成脚下的节奏
谁都无力跟随，它遥远
而又遥远，像一匹脱缰之马

四

你追逐轮声还是轮下
你执守故土还是天涯
你身为访客还是主人
你踏上寂路还是繁华
做客的日子时近时远
枯燥的世界时隐时现
乌发证明了曾经的日月
那些豪饮之酒和劣质烟
那些难以守住的秘密

五

流逝的是星辰和北方
那道顽强的佐证之光
我们来到一片荒芜的城郭
我们的心灵比记忆更野
再一次投掷之后，落下
依旧的沉重和熟悉的苍凉
回味无尽，挚友亲朋和
不愿遗忘的丁香花径
沉默的日子多么孤单

六

我们成为他人眼中的风景
我们真的走在一座桥上
低头看水中的沙子和鱼
看流动的阳光和命运
看倒影中的缕缕水草
一个个谜底正在接近
正在欣喜惊惧地揭开
相互交换的时刻已然到来
你手中有一颗橡子，我有
平凡无奇的白色卵石

七

在长途奔波的站牌下
一遍遍揩去汗与盐
屈服的笑容有时很美
就像人们口中的粗茶淡饭
耸人听闻的故事和传奇
不过是时而掠过的风
黄口的欣悦和惊呼
通常都在午后消失
剩下的是自己的小屋

八

曾经羡慕的银发在阳光下
闪烁出一种上好的光泽
写入歌中,用俳句的
淡定和安然表述的时刻
原来这样枯寂和冷凝
四面八方的目光熄灭
或在夜色里移动,离开
那些火热的眸子,那些
让人辗转的神色气息
我向你注目,我还健在

九

在一片可悲可叹的竞技场上
一个形单影只的
陌生者,渐行渐远
呼不出她的芳名,四处
寻觅的间隙,终于认出
那是我们的倒影和侧影
是迷失之后的徘徊
一些风物,一些
乌鸦和鬣狗留下的残渣

十

后来者的倾听索然无味
双唇泛出一抹锈色
因为缺氧而变得绛紫
透着铁青,在冷风中颤抖
多么丰富的阅历,多么侥幸
像一只兔子在窜逃
驰过原野,没入棘丛
躲过猎鹰和弓,如
一颗弹丸落入泥中
光阴缓慢地销蚀

十一

对饮独饮之夜,酒与茶
沸滚的秋天之酽,火色
在心头的那一刻,怀念
你从岸边归来的面容
离去的岛上已没有痕迹
没有可资留恋的花束
在集体与个体的声音里
在逃亡恐惧的小路上
最难安顿的是一双眼睛
是不忍卒读的回望之眸

十二

不再有交会冲撞的谈锋
只有阵阵袭来的倦意
像一部冗长琐屑的古歌
放在聊胜于无的祭坛
在菊花的香息里一过性地
摆放的青春才是真容
那些淡漠诚挚的回忆
在清冽的风中飘走
记忆之虚妄之堆积

就像真实的昨日之梦
留给所有不服输的后生

十三

所有记得住的日子相加
构成了彼此的生活,日子
仍旧涌来,奔驰和流逝
时光的齿轮咯吱咯吱咬合
一架模拟的纺织机
织造出华丽的泡沫,在
指尖上稍作停留而后消亡
这是锦缎似的海洋
这是我们连接的浩渺
一座座巨大的城堡沉下去
在溢满的深壑里浸泡

十四

唯有眼前的手和琴在诉说
微妙难言的欢愉和青涩
那是不可放弃的声色
是证明的一瞬,是
永恒后面的问候,我们相识
我们依偎过一棵松树,在它

繁密的枝叶下憧憬毫无新意的
苹果的故事，激切和冲动的
两小无猜的世纪之初
这一程漫长而短暂的掩护
这一路花与棘的交织

十五

这个重新尝试的年代
一群生气勃发的野心家
一丛活鲜逼人的面孔
在一个更大的瓮中奔窜
无边的黑夜告诉他们
这里其实连星星都没有
更不可能有日月升降
模拟的数字海洋中
你将看到一切，而一切
都是不曾存在之物，一切
都在恍若真实的指尖上

十六

重逢和告别的老酒饮而又饮
陈旧的感慨留不下一丝
慰藉和温存，只有

干涸的心汁结成硬块
在某个地方硌痛今生
所有豪放宏巨的幻象
都在迅速崩塌中灰尘四溅
都在白杨叶上蒙下污脏
我们青葱年少的打麦场上
那汗水和小辫的馨香
全都飞到了另一片果园里

十七

一茬老麦子即将收割
它是高秆作物的上一代
缓冲的季节性收获
锁进仓储任其霉烂
挺立的粮食骄傲无比
它们是牲口的美餐
是另一些莫名的使用
一台台老磨在转动,通宵
碾压自己的粉末,汇入
轮回的小孔,不再复现

十八

今天,现在,我们,所能何为

请亲爱的做出回答
白发在闪闪生辉，站立
致辞的微笑和无奈的问候
都降落在蓝色光线中
在微尘的飞扬里度过一天
一天又一天，缓慢的飞驰
告诉远近的真实，傻子们
雄心勃勃折磨自己的影子
一遍遍践踏、拆解
最后发现这是毫无二致的
紧紧跟随到最后的影子

十九

你惊叹自己的一双手
十指连接的伟大与渺小
十个兄弟忙碌依旧
没有堆起坚硬的实在
没有不朽之物留下来
只有愚蠢的蚂蚁在搬运
一片死去的虫卵之翼
一粒小而又小的米屑
你日日祷告岁岁平安
你每逢节令燃放烟火，摆设
不再遗忘的庆典，可是

它们是多么脆弱多么不值

二十

有一些具体爱的方法
有四个界限模糊的季节
有上下奔涌的河与溪
有盛开和垂谢的苞与朵
那个葬花人婷婷袅袅
感动了强人的浊泪
实话实说的哼唧蕴藏了
最可怕的粗鲁的力量
如今还能相信什么，如今
难得有一个清晰乐观的人

二十一

我愿抱琴归去，去那片
童年的井边和渠畔，那里
有不卷不弃的一棵树
它在等候遥盼中度过了
自己的三届青春，它的无畏
广漠无边的同情之心
依旧在跳动，它的慈目
投向归来者，枝丫

伸向一个衣衫褴褛的人

二十二

寻找最后的方法,在最后
祈求于这些方法,它
一定是存在的,一定
在曙光升起的时候向我们
投来微笑,我们持一束
端午的艾叶,在香气中
嗅着少年的糕饼,走向
自己的成年礼,外祖母
讲过的故事伴随一生
在清晨的露珠上闪动
璀璨的烛光,童稚的欢声
一次次从头回荡,是的
他们是欢乐的总开关

二十三

在周而复始的又一个开端
以从头起步的信心
走向那片飘浮的金色
骆驼的长队和头巾的颜色
绘制出永恒的童话

我们忘记了旋转的年轮
它在坚毅的目光下窥视
表现臣服的一刻，留下
橡树的卓异和谦逊
莽林中有橡树，这是一种
不可疏失的伟大礼遇

我们仰视你的品格和姿容
我们记录和印证这一里程

2022 年 5 月 27 日

隔壁诗家

隔壁诗家夜夜低吟
这厢灯火依然昏沉
弦乐升腾丝丝缕缕
他人涌起无限怜悯
那棵盛春的合欢树
那杯严冬的老热酒
木柴在火中唱歌
小屋里笑语欢声
你在等待百灵
我在浇洒萱草
水声渗流,想念
垂下的长睫和紧闭的双唇
一条小路尽头
有一团光灿灿的绣球

2022 年 3 月 24 日

去老万玉家的里程

那片沙堡岛在水雾迷蒙处
闪烁紫色蓝色光焰
那里有欢歌与哀歌,有丽人
在碧草水蒲和怒涛间
挺拔的身影引人遐思
从此有了一个出征的少年

我从未自喻那一天和那个人
我不是一个自由之身
我正在伸拉尺子度量
自己的岁月和青春,从这里
走向浪涌呼号的河湾

硝烟掩去长路,春花飞渡
漫漫无边的丛林与沙滩
荆棘悬挂鸟羽和沙鼠
无辜的皮袍,它们的声音
远遁高天,刺眼的
光束击中了未来的老者

人最不可免除和恐惧的

是成年礼，是归来
逃脱不等于归来，胜者才有
完美的回返和瞩望
怦怦狂跳的心在起步
而今懂得霞光由何染成

你向自己致礼，右手举起
停留和放下，这个间隙有什么
飞逝而过，有什么在渗流
急于埋葬所有的夜晚
急于向一朵兰花诉说
把梦魇扔在身后

从此不再是少年，不再是青年
是踩踏的沙砾和草
是粉末凝成的石头
是滚动的雷声和火药
是星星汇成银河的号叫

没有一个引领者前来会合
只有影子走走停停
鼓声催促宿命还是鞋子
鞋子留在泥泞里，而后
生猛地赤脚狂奔
一口气翻过大山棘丛

一溜红色的颗粒摆向
洁白的沙原,生出朱砂
和宝石,被少女抱到怀中
祖母的眼睛望过雾霭
落在滚动晶莹的萱草上
落在热气腾腾的乌发上

未来的日子磨一把剑
看守那座小屋和蓝色花园
归来和出走拼成一条路
它不是圆,它是斜线,它是
一支箭和矛的形状,是一道
溅出刺目之光的闪电

在那个危崖边的卧榻上
怒水之声雷霆滚动
箍紧的头颅就要开裂
浑茫的天地压向一枚核桃
破碎前的尖叫渗入泥土
留待来世生根发芽

苦难其实只是一片人形
暴雨是酿造的血汗,海洋
驮起的沉重无以计算

在命运中往复启航
一粒沙子一颗飘尘
一滴水一丝光一片叶子

这是我梦中的旅程
这是从少年到末世的一片
孤声远遁的石英岩
从敲击到回音隔开一个世纪
从死亡到新生等待三个光年
最终回到陌生的草庵

2022 年 6 月 30 日

如　何

如何在撕裂中长大
如何活着，活下去
如何在风中迎视和
低头默默流泪
如果预知这样的生活
如果被轻轻提示
你来此地的勇气
会让顽石惊裂
我的又一个长夜
耗尽的时光在滴落
在沙漏和水中
在斜横的银河里
不知道明天的云隙
不知道光的颜色

2022 年 4 月 5 日

屈服者

停止抚摸，放在
一个角落，时而惦念
私自许诺的心情
在深夜的窗前浮现
静寂的时刻多美

背叛的一段时光
那艰辛的时日
不愿记忆的血脉
独自享用无人见证
天下最后一口馊食

害怕成为饿殍，恐惧
变成一个路倒，庆幸
苟活的幸福和荣耀

2022 年 5 月 29 日

南　方

南方是润湿蓊郁之地
昨天，梦中，前世
可有清晰的记忆
可在抚摸中悸动
那神秘的得而复失
安怡的黑瓦田居
而今又回到俗世
幸亏有苍苍的大橡树
它是存在的骄傲
生命之趣在于空掷和
无以言喻的潇洒

2021 年 10 月 20 日

第三辑

地　址

数字在水中泛动
打捞已是枉然，已是
心知肚明的傻事和
山与夜的背面，入冬前
繁密的叶子不再生长

你在欢笑中掩泣
你的丧失与获得同样
没有一个确信，没有
一扇门可以叩响

是的，在茫茫大地上徜徉
在一条细径上移动
不知归去，伫立就是方向
过河之后的东行
一些如梦的日子，而今
站牌在灰尘中倒塌
沙原上开满李子花

2022 年 5 月 25 日

寂　静

整个世界的灵魂和
有形与无形，一切的
浑浊与清明，今天与明天
全部的归宿与翘望
那颗简洁而又单薄的心
已经不通音讯
它没有耳鸣的烦恼
小鸟不再啼鸣
小巢还在，北风猛烈
危卵中的生命
黑夜里的小手
张开或握住的时光
阻塞的大道尽头
喧声顿失
掩口的瞬间，巨翅
笼罩和降临，这个
世纪的苍白和寂静
走入宁静的角落
那里有一株地黄花
咬断脐带，独自开放

2022 年 5 月 2 日

粗衣宽松

粗衣宽松步履散漫
软带飘飘额头微仰
身边书童真好模样
拇趾甲短固然耐看
清茶一杯致敬
面前这条流泉
还有侧柏和独木桥
一支颤颤竹担
风过云逝群鸟翩翩
日月在绣球花旁驻足
狸奴在荞麦枕边安眠

2022 年 6 月 19 日

如何回答

书童打理茶与书
竹担林野和老文公
诸多嗜好以及古代情状
额上红点大如蚕豆，宽舒的
衣装和缓缓而行的市郊

洋礼在今日风行的危难
延至老人的书斋和右手
抖动的不可持续的墨迹
在短促的桥头换肩后
心中吟过几句古风

衰老让老文公变得人畜无害
他不像千年前的那个员外
虚拟之年的绝望与焦躁
一无所知的枯寂与徘徊
全部寄托在一支颤颤的竹担

有人坐在松林空地上
饮一杯浅浅的苦茶，取起
令人目涩的玫瑰信笺

无字书与无弦琴
阔大无边的想念和自由

我需要一个勇敢而怯懦的
青春的声音在圆弧上滚动
全身拥入火热的夏天
溢满四周又涨满
下一个不可预留的季节

在两个平行逆向的轨道上
错肩时轻轻挥手
洁白的光线下看到
你漆黑的眼睛和柔发
还有成团的绿色大风

2022 年 6 月 4 日

是的,暮年

一

从春天就听到劝告,慎之
又慎的时刻到了
如果你感知了时光的珍贵
屋后有棵绿植在等待
还是安然无恙地回到故乡

去呼吸吧,那里的陈旧空气中
有一种岁月的匆促和美
它们因为不会改变而使你
轻轻地抚摸和思考
这一生或更长的踪迹
多么怪异和见怪不怪

在分成数格的果盘里抓出
庸常的糕饼聊以自慰
最老的友人都在这里
双手拢耳打听遥远的年代
那个消失在老年公寓的师长

是许多人的班主任

二

那个飞行的光点一停
几粒星辰在默许中等待
跳跃或毅然画出的弧线
这般光洁和美丽,回盼
一些古旧蜷曲的痕迹

在苍茫无际的暮色中
在薄薄一片的混沌里,面纱
撩开的一瞬有个影子
闪过天幕和蔚蓝的大气层
百灵鸟稍稍逗留的一刹

这里没有悲悯和怜惜
都是假设的心情和魂灵
伟大的许诺来临的日子
到处布满坑穴和手

伸向空阔的枝丫正在变白
白得像雪,像石灰岩
胶东卫矛的模样,配不上
如此具体而奇异的命名

三

我撒向海中的网,落上了
你的额头,缠住长颈
吟哦不息的发声器官
曾经的冲动和驻留

在青苍的岩石上涌动
在灯塔的余阴下堆积
没有一句呻吟的归去
大片水母游到岸边
如同梦境一样冷酷和虚荣
无法打发的苦恼和绝望
没有告别也不再客套
一起扯住网绠和铅坠

时光是无处不在的蛛网
灰尘是风的箭镞
安静下来的世界好荒凉
溢满的河道连接大淖

四

频繁无聊的聚会和盛典

这一端和那一端,在山中
水畔恭立的少女和男子
西方人的刀叉和镶银的竹筷

在牧羊人和狗的催促下
去荒凉的山坡上啃石子
更远的景致是射电天体仪
消化寂寞的午餐和晚餐
庄严无谓的仪式之后
孩子被吓哭了,一盆垂丝茉莉
自处如常,待在自己的地方
那是一个冷寂的角落

约定一件赓续古今的小事
届时有一杯菊花茶和一本书
简朴或绚烂的环衬
有时难免找到真理
爱一些瞬间,一些酒精的光
将不断的移动和彼地
当成驻留的帐篷和此岸

五

堆积的光和故事在一起
竹简和水在一起,鸟和羽

奋力追逐的空间缝合成
浑圆的半球状天幕
夜的小孔透过眼睛
看远近抛撒的漫天沙粒
垂落成苍茫厚重的田野
一件破败的有膻味的衣装
挂在孤独的树梢上

怀念的日子没完没了
无数条藤蔓干结枯萎
我们一定要扎牢篱笆
只留下呼吸和探望的空隙

青涩的童年被外祖母领走
父亲在大山后面倾听
岛上的灯塔和落地的银针
命运之船失去舵柄

六

渴望却不能归来,只能
停在辐射状的远方
看一束光像剑一样出鞘
刺入地心,从另一边显露
泥土是肌肉,岩石是骨骼

早晨姗姗来迟又匆匆逝去
夏日东方没有鱼肚白
只有一道弧形的利刃
为我剃除一头白发

2023 年 6 月

松林接待大诗人

1

安置繁密的天线，向上
仰听和传导长夜空渺
独步的凌晨有小鸟一荡
北溟上方，星辰发来问候
天之一隅有个带鳍的人
一个女人和一个老人，一个
扎了朝天锥的鼓额少年

一声梆子敲过陈年往事
陌生的村庄和从未谋面者
那个袖手旁观的缄默者
在行走中气机发动的造神者
伫立百年的等候终有着落
看他迷茫四顾和悄声絮语
蠕动的双唇和咽回的幽思

一棵草也知道沉默的代价
这一刻只为倾听，捕捉玄机

一片上苍的天线在风中鸣响
世外之音谁来铭记和描述
这活计留给他，留给百年一遇的
松松垮垮穿了红衫的怪人

应该有一场宴饮和小型聚会
一条铺了白布的西餐桌上
不多的食物和满满的洋礼节
辛辣的酒洒向寂寥的心
我们都在猜测和迷茫中激动
不知所之的快乐与男女声部
交织的夜晚，不愿停歇

2

叩问和拍打的手仍在进行
午夜只是一碟开胃小菜
凌晨三点的窗前出现几粒星光
露水还在，草芒还在，绿色的酒
一直陪伴，唯有值更人没了

先生走过他乡与故乡，何方
才有伟大的驻留和吟哦，何处
才是勉为其难的安置和沉湎
激烈或沉思的瞬间在肃静

一阵缓缓吹起的北风
启动一场奇异的合奏
一根细细的木棒撬动
艰难转动的磐石磨碎心灵

亘古如此的隐秘又一次重复
无法命名的存在,光荣与梦想
集合的仪式感就是一切
我们将秘而不宣,孤傲的胜者
在欢笑或隐匿中不再自卑
我们与见证的松林在一起

3

墨绿色针芒覆盖了天之一角
云在聚集,雷声远遁而后回返
山的凹处待命,那只手移动
从心扉和丛生的毛发上滑落
慈悲的眼睛迷蒙空洞冰冷
映出无处不在的世界倒影

昨夜的酒还没有倾尽,没有
等来醉倒和醒来的远客
静悄悄,顾不得朝阳苍老
那只知更鸟未敢归巢,它的爪子

在粉红色的霞光里蜕去皱皮
一颗平庸的带斑点的蛋生下来

近在咫尺的海经过一夜枯熬
露出发丝和钝钝的牙齿
一粒岛屿被白鸥衔走
扔在睥睨一切的妄言中
抽烟，饮酒，强调素食与豆腐
二者不为人知的从属关系和诗
这神秘致死的古老药物

白天没有希望，夜晚只是等待
天空还不够黑，星星多余
月亮是小资，此地需要北煞风
那些见到茫茫大水的家伙
眨眼间腰带全松了

4

兔子和蘑菇去了何方，它们的傲慢
早晚要受到惩戒，难道
此地缺少一只威严的手
如此庄敬的时刻，你
和你的主使竟一声不吭

忍受是天使的过错,一些老者
在默许中合目而坐,手持木铎
把神圣的允诺留给微不足道的昨日
最终会有裁决,以这样的名义
开启从来没人胜过的棋局

怯怯的敲门声惊起另一世
它来了,躺下的幽思,起身
迎接一个不省世事的孩童
胡须苍白的隐身人,手里
捧着敛声不语的百灵鸟
这次激怒非同小可,记取一生

5

最排场的华筵排列在草坪上
一些影子蹑手蹑脚
阴郁的男子和长裙拖地的妙龄女子
相互不语或留下短促的微笑
涩涩的瓷碟上是一只煎芦笋
一片劣质火腿和一只虾

黄昏的灯火亮了,中心在哪里
所有的遥望和寻找都失败了
这里的水太深,人太多,猫儿们

在嬉戏中各有主人和伴侣
像极了南方和西方的一些记忆
这里，而且，真的在大海一侧

闻到了松脂味，那些乌鸫
喜欢吃冬天的女贞果，满地留下
紫色的粪便，难道没有用处
难道不是那个人
注视中沉吟的莫名之物，他
无从想象的玄思和梦游

多少人胆战心惊地离去
伸头探脑窥视，风停了
天地归于宁息，呼吸
变得又细又长，若有若无
那个让人不敢直呼其名的家伙
一霎时敛起笑容

2023年6月9日

显而易见之后

显而易见之后是什么,伤绝
还是欢歌,还是缄默和流淌
河流依然是河流,是液体
漫过无声的时间,针脚
迈着碎步在圆形广场上行走
切割我自小拥有的一片田园
毁掉我精心编织的篱笆

在紧急的时刻铺开信笺
匆匆写下深藏的情话
告诉祖传的珍宝掩埋处
有一株小小的蒲公英花
纯稚的小狗走过来
灰蓝的眼睛望向无辜的人
询问每天都有的早晨和黄昏
一天为何而去,一天为何来临

2022 年 7 月 20 日

雪　松

伟大坚毅的生命
蕴藏夏火与冰凌
自携静与风
复姓来自上苍
驻守此地
还要逗留许久
把围巾搭在男子肩上
把汗珠滴在沃土上

2021 年 10 月 20 日

烟台的水

一只螺壳遗落在城北
引来一只蝴蝶,它
一直在嗅、抚摸和翩飞

一个大消息走在路上
黄昏时落下一滴露珠
黎明前迎来探望的水

小小圆圆的晶莹的目光
围观和议论,簇拥
它的花纹与彩釉散发芬芳

来自何方的圣杯
溪流汇集了更多家族
争先恐后奔赴传说之地
前呼后拥筑起沙堆

就这样连成无边的汪洋
淹没山峦的渺渺大水

2022 年 5 月 24 日

遗　忘

我惧怕这遗忘，永远
不可遗忘者的遗忘
就像非人和人的叠加
就像死亡和绽放之花
去岁就在眼前，在
手指的纹路上辗转
在掌心的大路上远行
在骨节里生出稚芽
在你寂寂的方向
我恐惧这浑茫的日子
这没有时光的沙子
这不受指责的愚妄

2022 年 4 月 9 日

春秋记

一

西园的葡萄与炊烟
蝉唱的夏日和麦田
听刺猬咳嗽,想起
窗外老人盘坐柴堆
身旁是割草的镰刀
白刃染了绿血
幽深的丛林胡同
洁白的沙与紫色的花
短促地盛开和垂落
第一次远行,穿越
紫穗槐深处的暮色

二

旷野银幕冉冉升起
月亮挂上高天
桃树扯紧他的衣襟
赠予永恒的甘味

近在咫尺的沙冈浓荫
摇动灼人的热风
星辰掩去夜的眼
偷窥一句轻率的誓言
远行人走了,随手
将一枚草戒指埋进沙里

三

黄河之蟒向东蜿蜒
画出首尾相衔的连环
临别叮嘱止于叹息
红色心窗闪过一念
高原雨燕的尾剪
截下远天锦云
候鸟何时飞往半岛
在泰山余脉稍作停留
投向未知的岁月
去西子湖畔写诗

四

丰收的余韵是饥饿
苍黑的记事簿
藏下红薯和山药屑末

聊可果腹的馊饼
来自九月的丰硕
这场追逐太久，饥饿
换来饕餮和折磨
一座海右名士的古城
印满瘟疫之年的车辙

五

踏过无数黑岩台阶
墨色萦回凄怆的夜歌
诡谲的异族人，眼睛
刻下迟到的讶异，孤鸟
在大河之北踯躅
伸出长喙寻觅草中
所剩无几的虫卵

六

半岛冷风阵阵吹拂
变黄的叶子和乡音
叩响城郊的钟声
飘过冷寂的郊野
抵达铅色彼岸
大洋潮汐依旧涨满

礁石溢满银屑

看不到一只白帆

七

犄角沙坝东端

涨满的月色覆盖银滩

渔火不曾熄灭

礁岩缄默,悄语声声

掺入凉爽的咸风

最近和最远的渔火

赤脚踏遍湿痕

热风覆盖半个世界

轻轻拂过慈悲的海湾

八

这是唯一完整的季节

沉睡的双睫催生谷穗

饱满的籽粒留给采摘者

谁的午夜低吟,变成

长长的歌泣,又化为

循环往复的宿命的回音

何处索要心灵的明证

遥远啊,那个午后

矻矻终日,用泥汗
筑起一座矮小的居所

九

我们一次次回忆芳邻
看那双蔚蓝的眼睛
它的名字叫小来,迎接
无数纯稚的呼应
记住温和绵软的气声
小心地安抚和簇拥
这般神奇,这般雀跃
往事从未远逝
它就握在老人手中

十

顽皮的人模仿一些
率真浪漫的生活,日子
格外冗长,几颗
新鲜欲滴的草莓
随浑浊的记忆流走
登上高处,水声潺潺
指认一条遗忘之川
所有人都离去了

啤酒花的苦味难以挽留
游疑的眼睛和味蕾
一杯难以采集的野蜜

十一

姜黄色的暖冬举起棉朵
袋鼠和花鹿的行止
透明的清晨和上午
惊人的曙色与口哨
与北上不归的老友一起
投入逼人的喧哗
行前埋下干结的茎叶
渴望有一天再次发芽

十二

套叠的眸子掩下恐惧
忆想的苦涩和欢愉
无知的善良和庸常
结出一串时间的瘢痂
那条河床日夜流淌
卵石和沙子下有一尾
大头鱼，苦苦寻找归路
水族和水，孤独和孤

游进一片淤泥斑驳的浅湖

十三

当恐高症爬上塔顶
大口吸入太阳的煳味
浪子和烤饼的余香
二十年前的少年和琴
开始迟到的合奏
没有形迹和声气
只有半生惊叹一腔祈祷
无数的珍惜与愤恼
在惊悸中戛然而止
双手合十的苍云
瞬间笼罩大地

十四

浑茫心海游过一条
单纯而聪灵的银鱼
粗粝的北风拥向耳畔
水草长满干涸的泥湖
窗外飘扬落叶
一只莽撞的白鸽惊起
厉声呼喊的泰岳

一座割伤的北方大山
早已爬满赤裸的挑夫
他们蜷伏岩隙饮下流泉
寸寸挪移，蠕动向前

十五

宛若一个纯稚的异族人
执着而火热，守候
无法抵达的北方之北
书写重叠的夏天故事
等待隆冬脆响的冰凌
端上滚烫的老酒
一场举案齐眉的畅饮
一座古老淳朴之城
将安怡的岁月
送入爬满青藤的深谷

十六

谁在夏末初秋藏下
一撮可怕的火药
掺入淀粉和酒浆
啜饮突兀终止
白色雾幔遮住影子

赶走徘徊的乌鸦
重返乌云下的深湖
端起日常的杯子
一只深色的陶器
装满你赠予的浊水
仰头一饮而尽

十七

从最冷的大山里采摘
一颗颗五味子，善良
酿成琼浆和安眠
一粒粒不起眼的小花
结出甘美的果实
红籽漂过海峡
植在日月潭边
那片传说降临的狭地
长出一棵红叶李

十八

一次寻找仙山的约会
等来一双明眸和一只桨
开始一场世纪的泅渡
船队浩浩荡荡，那个

神奇的黎明一声呼叫
独自荡开苇丛港湾
长旅挥别，一直
越过对马海峡
驶向梦幻东瀛

十九

琴盒奏响魔音
萦绕不绝，丝丝流入
时过境迁的孤屋
白沙桃树，野地白帆
悬起的银镜映出一座
色彩斑斓的虹桥
拱顶站立一位铭誓者
逝水涟漪溅起飞沫
一棵古老的枝丫
浓叶悉数脱落
一片片拢向根部

二十

在毁坏中连缀的童谣
在成熟中腐烂的果实
一个牺牲的季节倾诉

不屈的人间悲剧
幕间的寂静和凄冷
沉静的旁观者抚摸
遥远和切近的痛楚
一只孤鸟飞来
用伤残的喙凿开坚果
如今小雏早已长大
目光宛若冰锥

二十一

水一样清澈的日子
迟来的赠予,大风
掠过无辜的山冈
摇动小小的李子树
稠密的季节缀满繁花
蜂蝶绕枝,追逐
粗长的狐狸尾巴
这是千真万确的精灵
看护注定结果的树与花
守住风景的永恒
低头抿嘴,心头悬上风铃

二十二

又一次虎口脱险
一只羊和一头花鹿
在重重危岩和山壑
在割伤与创痛中
甩脱一头花豹和猞猁
庸常的残忍就是生存
日常的饮食就是苦酒
不甘凋落的生命一滴滴
洒向岩板的龟裂
一粒种子耐心等候
来自阳光的大消息

二十三

草芒中的草獾和黄鼬
强力奔驰和弹跳
跃过猎手围网
在沉默中伫立一瞬
俏捷轻灵的背影
隐入一层薄雾
四野悄无声息
草叶旋转荡动

树梢上的大鸟一声不吭
猫头鹰在等待黄昏

二十四

沮丧的诗人携来书童
乡间的淳朴如此陌生
镜片闪动异域文明
古风和幻觉丝丝漫开
古怪的吟哦无法复制
斑驳之门响起叮咚
一头世纪的骆驼闯入
憨厚的表情由大漠养成
谁来牵住高昂的头颅
谁来系上金色的缰绳

二十五

赤铁迎接砧与锤
淬炼和迸溅的火星
迷茫的原野和灿亮的瞳孔
苍凉四顾的荒原上
一些苦草在轻轻抽泣
追赶的蹄印早已淡远
记忆的苍鹭正在观望

一些日子,一些生灵
叩击高音和低音
在青纱帐初起的田畴
默默啃食碱土上的幼苗

二十六

那个遥远的广场
一座勇敢和幻想之城
生疏和亲切的游云
越过传说的山冈
放低微小的身姿
风雨飘摇的燕子
渴望春天归巢
海洋和天空的颜色
诉说阔大和浩渺
不必等候的长夜,星辰
把半岛的木槿照耀

二十七

美洲狮的步伐被记下
从此留意特异的足迹
怎样在街巷出没
来自恐龙故乡的大块头

技压群芳，泪水汪汪
梦游者走向荆棘路
不愧是百兽之王
它从未见过丛林
它在焦渴中吸吮
干旱之季仅有的一汪

二十八

在低吟的野地里迷失
在饥肠辘辘中寻觅
罂粟的妖冶是一次劫掠
是悲愁的幕布徐徐拉开
展露一个挥霍的年代
夜不能寐的疯狂
生生灭灭的岁月
背井离乡的沉沦
一边涂抹一边倾听
命运之途的陈旧消息

二十九

行者携带音讯和信仰
诉说无穷无尽的荣光
像猫科动物一样雍容

步履沉着，举止大方
哀痛的凝视举世无双
在上方的另一方，在
谣言的高处，写满荒唐
手捏一张空白的纸张
宽大的额头昂起
探望神秘未知的方向

三十

你喜欢的短章多么精粹
你尝试的故事一片迷狂
我们共同陪伴的智者
热衷于激昂的歌唱
在告别青春的分界线上
有一排挺拔的青杨
渠水的倒影在摇动
汇入大河，流入北部湾
那是收纳一切的海洋
清洁一线仍旧蜿蜒
一只未能终结的手
画出一道长长的悲伤

三十一

那个隐匿的异人居所
缚住一对短小的翅膀
海右此亭有一只小鼹鼠
流放的荒地有一头白眼狼
美好与纯良,狂野与忧肠
好日子不短也不长
大自然自带光芒
我们已经扎紧裹腿
准备去世界上流浪
在古城漫步,在沙子上
爬一座高耸的楼阁
听似有还无的古箫
杯中咖啡已经变凉

三十二

河畔小院的喧声
让人想起东迁的故乡
一只看管得很好的奶牛
站在水边,极目远望
一些温馨的日子开始了
无花果长在水井旁

一条路连接童年的沙冈再
一棵树让旺泉不再彷徨
这里的莎草和水美到极处
沙子和鱼又回来了
馈赠今生所有的时光

三十三

冬天的茅草和寒风
阵阵穿行的中年要塞
悄声和松涛卷入浪涌
预言击中未来的城堡
酷冷的小屋和访客
未能终结夏麦的叙谈
酷暑的煎熬耗尽浪漫
模仿的欢乐是季节的欢畅
孤岛锁住一些寂寥
小船载满秋桃和冬粮
风太大了，桨手
将人送上透明的山峦

三十四

蜀葵盛开的夏季
铺开宣纸泅出芭蕉

下面是一位打坐僧
面容一如既往
从校园到白塔，一束花
随节令衰败和茂长
又一个出家人在苍凉中
无处叩问，无从造访
音讯渺茫的一端
那根弦早已绝断
薄薄的一册信函
夹放一片干结的蜀葵花瓣

三十五

薄雾之夏笼罩山峦
潜入一头笨拙的驼鹿
凄凄鸣叫落入山后
胆怯的猎手潜进
老熊膻气弥漫的洞穴
冰冷的呼吸和颤抖的手
急跳的心脏和灼人的扳机
这个春天不再有新绿
硝味呛出大泪滂沱
草地留下一线焦黑

三十六

那座虚拟的风车
等候三十年的大风
在盘旋中徐徐降落
一片秋叶,一只洁白的
长腿鹭轻轻踯躅
飞镖击入十环,晚霞
弥漫无际铺满天涯
骑手引弓,入诗入画
畅饮的日子还在路上
白雪的记忆印在湖畔
正午阳光,时钟嘀嗒
那只施救的手告诉师长
雌鹿的母爱正在爆发

三十七

在飞驰的跑道上捕捉
一只彻夜不眠的
刚劲冲决之鹰
手捧一把洗过的鹅卵
献上璀璨和晶莹
投向无忧无虑的山崖

大地暖流日夜奔涌
快乐的山兔正在迸发
没有终点也没有起点
这是一条环形长路
高处的影子一闪而过
生命一次又一次俯冲

三十八

那只可怕的大骨骼鸟儿
像鹰像鹫更像鸳
食肉动物无比善良
守护京都，居于高巅
嗉囊透出水声，沙粒
摩擦的声音如瓷片刮过
当狂跳变成喘息
当吹拂掠过草地
会想起食物匮乏之年
土中的块根变得苦咸
骨节粗大的手一遍遍翻找
晚秋暖阳下晾晒的切片

三十九

不必炫耀干燥的屋脊世家

笨拙憨厚的传说里
山地橡子啪啪坠落
将人唤回游荡的贫寒岁月
山泉清洁,小小游鱼
双双对视流连忘返
旅途上不再迷失也不再问候
一遍遍捧起虚构的逝水
洗涤青春的创伤和污垢

四十

莱西湖边的一株旱莲
移栽和流离,脱落和枯干
一片水波在清晨倦怠
鸥鸟准备悄悄离开
如火如荼的日子里
松林蘑菇是难忘的美餐
老人等待一支歌谣
黄昏遥望归来的白帆
又是海风豪发的午夜
潮涌抵达,拍击枕边
刺猬与野兔无法安眠

四十一

高原行旅,背囊里
装满干瘪的红枣和石头
投掷的故事,渴饮的浊水
像风一样吹过长堤
枯草不再歌唱,霜色
落向缀满补丁的单衣
这道陡长的台阶
艰难攀跃的斜阳坡路
寻一支拐杖,一棵
被雨中雷电击中的
倒在冰冷泥泞中的
叶片撕碎的小树

四十二

南国之南有深沉的纪念
寂寂长夜沸滚的茶砖
大象行至一片荒野
闪动的双睫,沉默安然
等候一次欣悦的遭逢
等候致敬大动物的微风
它是旅人最好的医生

它的专注和宽容
用卷动的长鼻搀扶
深陷和挣扎的泥泞

四十三

夜色抚摸流淌的小溪
走出好聚好散的课堂
一声声柔软的教诲
一枝勿忘我和紫丁香
半岛之路曲折漫长
土炕摆上酽茶和酒浆
羁旅人的醉酒和应许
午夜啊,燃起一盆火
将疲惫之躯烤成红薯

四十四

老友的趣言和抽泣
格外感人,常忆常新
也就是一霎儿,也就是
日常的平静与商谈
因为抄袭了红楼衣装
因为循环往复和一路辗转
月色在涟波下跳荡

小小驿站燃起
古法炮制的熏香

四十五

一朵小花在缄默中吐放
若有若无的微光
穿行的星云和虚妄
还有隐去的山后雷声
最后的时刻正在来临
漫洇的水流冲决堤坝
淹没岛屿和峭石
繁盛的露水闪闪发亮
黎明还在远处惆怅
大放悲声的夜雨
为谁呼号,为谁激荡

四十六

韩国豪雨下个不停
四处寻索木头客栈
一对语言不通的水杯
黑色中洇出凝固的光
异族小灯闪闪烁烁
一路照耀,行至西安

古都结出大个的樱桃
鸟儿在大雁塔下安眠
一个梦到杜甫的夜晚

四十七

讶异叠成重重倒木
游走的獾狐触碰机关
林中火药怒燃
巨兽懒卧高巅
它在假寐,如此腼腆
游走者正暗中聚拢
北风吹干毛发间的汗盐
请不要失去耐心
请收起那把收割之镰
从黝黑的颈上滚落
一粒铅铸的弹丸

四十八

高翔的双羽遗在山后
降落之地一片萧索
风霜中留下纤细的鼻息
微小的羊蹄融入浅草
安恬的豹子实在华丽

身穿巡行大地的皮衣
潮汐从昨日倦怠
神色自今天哀绝
夕阳如火,灌木和草芒间
踏出一条隐约可辨的小径

四十九

齐国热风无法停歇
在凄冷的秋夜抵达
枯寒的冬天,不知所措的
半岛旅人收紧衣衫
蹲在蒲公英旁
一只鹭鸟垂首而立
翩翩降临洁白的记忆
老人手持一颗
圆润晶莹的石英岩
将坚实的信物
挂上刚刚收拢的双翅
然后讲北方的合欢树
怎样盛开
何等芬芳

五十

闪闪心窗时而闭合
透出微弱遥远的星光
曼陀罗在月下疯长
散发刺鼻的眩晕
谦逊弯曲的狗尾草
结出一把腊月口粮
张开采集的粗布口袋
拂开重重落叶
剔出沙子和蚁卵
准备迎接饥馑之年

五十一

镜片后面人事烦琐
多皱的庸常和谋略
老套的寒暄和忙碌
不曾留神的报应和福泽
纯稚的人什么都不懂
艰辛耕作,劳苦日月
融入野地或隐入闹市
寂寂无察的背影
沉落深处的哀声

又一个平凡无奇的夜晚
路灯投下苍老的环形

五十二

时光是一只花斑小鹿
老人勉为其难地兴炊
烟火在升腾，在屋顶
闪烁一颗小星，一些
昏沉的睡思渐次出现
梦见狡狯的狐狸和羊
屈尊和就范，失而复得
醒来急于寻找芳邻
想有一场怜惜的痛饮

五十三

龟蛇双山，雾锁大江
夜啼声声隐入苍黄
巨石被大水漫过
潮头漫卷片片枯叶
江船漂过一个周末
向日葵在云隙穿梭
今夜渡过彼岸
白色江滩从此寂寞

五十四

从高塔上俯视松花江
秋日的荒凉,淤滩和沙
无望的停滞和积压
细细涓流无法汇入
这么多山脉和雪
拥挤和跋涉的都市,长空
让悲悼之季变得凄美
共饮一杯,醉后归去
背囊装满尖利的石头

五十五

那些大后方的故事
一次次打开和隐藏
一页页翻过,夹放雏菊
让茎叶干燥扁平
遗忘了太多许诺
时间是一切的关键
青春也会长出谎言
庆幸绿色书签还在
一部浩繁的大书
就此刻印记忆的边界

五十六

小狍子穿越山草
肥如牛犊，憨似羊驼
沿铁路线向西，在厌烦的
都城停留，而后被猎人
牵入偏远的庭院
讲述猎枪和熊熊篝火
一群彻夜不归的流浪者
怎样舒展破烂的睡袍
仰脸数着星星

五十七

五指山化为摇椅
热风撒落盐粒
流过指缝，涂满双颊
跟从智者鼓鼓的额头
遥望一只璀璨的航船
海滩秋千找不到杨树
喘息追逐火热的场院
攀住不再邈远的童年

五十八

奔跑的麋鹿遇到野人
在紫叶纷披的角落
黑色枪口怒吼
击中苍白英俊的青年
海右咖啡端上来
粗鲁的莽人一饮而尽
夜气浓烈如酒
何处辨析那串蹄音
那个跳跃的精灵

五十九

石头的沉默和赞许
热烈的比喻和挽留
一起致敬夏日黄昏
不忍舍弃的一杯甜酒
大海水仗已然远去
老友固存,堡垒依旧
永恒的丰碑是
那只卧牛般的巨石

六十

石板路旁的刺猬球
晕光之下美不胜收
踏过一条童话小径
松脂浓旺,微风已息
周末的雨淅淅沥沥
绿荫的歌清新透明
谁砌起这座蜃楼
谁挽留这道幻影
屐声渐远,雾幔中
啄木鸟一下下敲击

六十一

雨后彩虹郊野
一枚指环埋入松针
从君君臣臣的颂声里
跑出一只狂野的山兔
纵横驰骋,忘却归途
飞蹄疾如箭镞
身姿宛若旋舞
无处探问古老城郭
衔泥的燕子早已离去

六十二

那一场远逝的盛宴
让回味不再凄凉
稚童和林野一起茂长
捐枪人熄灭手中的光
受惊驼鹿驰向他乡
遗忘迷失,声声呼唤
丢弃执拗的放逐
隐入心海一角,泅向
夜色深沉的河湾
所有喧声悉数停息
专心等待黎明的炊烟

六十三

失落的记事簿
刻下一部小说坊八讲
技艺的枝蔓掩去山路
无边的湿雾苦苦攀援
补记的一笔是人物
只有修改,没有增删
何时翻阅这一页
吸入莎草的清香

六十四

见到矜持的兄长
从头讲疼怜的小羊
如何牵进幽暗的栅栏
干草所剩无几
卵石成为干粮
一幢茅屋和一株木槿花
一位皮肤黝黑的守候者
坐在沙原中央
怀念温馨,面对青杨

六十五

又看到迷人的戎装
硝烟与土,血与花
墨绿的围巾和清冽的风
垂睫寻思的时刻
同伴俱已散失
只留下平庸无为的恩师
浓重的鼻音和喘息
白发无聊的呻吟
谁让骏马在回忆中复活
谁让果实在葱绿中坠落

六十六

那个呓语的酒馆和军人
又一次狭路相逢
唇枪舌剑,还有
陌路上的醉与醒
不再归来的出征
时时遗忘的英名
这一曲实在太长了
循环无休的碟片
一望无际的冰封
讯息在心海里沉去
跌入最黑的沟壑中

六十七

时光折叠的高速路
狂野奔驰,心灵飞升
硕果仅存的一棵大树
藏下一把木琴
没人弹拨,落满灰尘
一场等待太久,林风
吹向大洋彼岸
绿色尽染港湾桅林

所有的帆都落下
全部的火都熄灭
一只白鸥落向楼阁

六十八

什么花出污泥而不染
南国池塘碧水涟涟
不倦的舒放和寂守
无边的瞩目与逗留
老人赠予一束丁香
稚趣种在荠菜溪头
日常的花开了又落
朝阳和晚霞同一个颜色
吹皱的水静下来
塘中映出绚丽的火焰

六十九

沙冈上的花椒树
缠绕一只黑色斑蝶
日夜织造小巢
厚重的鲁巾和闪亮的蛛网
纤纤丝线起伏飘荡
夏天的水母彩带

秋日的海草小房

点点寒星落向指尖

双手捧起一寸微光

七十

西部和高原的同义语

狄戎之地的蛮荒

一株碧绿的楝子树

粉色的花柱采集药香

奔赴东方犄角,为那个

忧愤的少年敷伤

战旗扑地,西风猎猎

荒原上最小的无畏者

双眼明亮,长发飘飘

笑声如流溪一般欢畅

眸子如夏花一般飞扬

2022 年 6 月 9 日—2023 年 12 月 9 日

阴暗和生长

在阴暗的角落
种子偷偷濡湿
没有声音和光
只有静默和灰尘
一丝丝伸开的腰
一点点睁开的眼
温暖和潮湿的一隅
被遗忘的季节
暂时不需要风
不需要庇护的叶子
死寂的芬芳
些许的霉味
陪伴了生长

2022 年 3 月 19 日

再致异人

扮演二十多年的异人
其实是眼界狭窄的
洞穴里深蜷的游民
计划的遗失已经铸成
老人背手而立,文质彬彬
探望的趣味在消退
更多的沉思留在山上
在兔与獾的痕迹中
画出手舞足蹈的模样
一颗无理取闹的心
虚幻而陈旧的狂妄
光阴短促来不及告别
我的家乡是蓝色海洋

2022 年 5 月 28 日

又是异人

又是异人在闪烁
微笑，突然肃穆
深刻偏执迷人
让人无休无止地流连
这世间异物，在
缘木求鱼中获得
山野中闪光的城堡
僻地他乡遇到楼阁
那个水潭和木槿花
闪闪露露的小肥狗
碧蓝的眼睛和长睫毛
然而，咆哮发生了，如
大堤决口，如老拳挥动
落在脸上胸上颈上

我们不能隔岸观火
看那些古怪的人和事

2022 年 5 月 20 日

原星空

原星空在飘移
缓缓不察地飞逝
映照我的白发和黑发
我的瞳仁之灰,我
干渴的唇和枯瘦的手
我沉重迟滞的双脚
我一望无际的田垄
我的土地与禾苗
原星空还是元星空
是瀚海还是零与一
是数字的诡秘,薄薄的
连续不已的卷纸
锁链和传输的密电
没有任何接收者
没有倾听的广漠

2022.3.20

速　度

这是一个提速的时代
折叠和压缩的时代
从过去打捞未来
从未来印证现在
一条永不凿通的隧道
一个突然断裂的圆环
一只悬在半空的锚

未知的晓悟和猛醒
急切的狂喜和悲痛
罗列的山脉和大地
拆解的麻团和荆丛
一切都困在命运的边缘
一切都装入黑色的大瓮

2022 年 5 月 28 日

竹担古风

颤颤弯弯浅浅轻轻
和风掩映中
宽软温煦中
欣欣幽幽中

伫立松侧谛听
鸟儿问答声声
昨夜故事说遍
然后打鼾轻轻

一片月色如白银
沙岸林野悄无风
小狐行走蹄也轻
入诗入画复入梦

2022 年 6 月 30 日

紫　色

一本哀怨苦诉之书
深藏确切的含蓄
弥漫乳雾的幽境
无法攀达的石阶
难以穷尽的追赶
那些丝瓣和片片散落
包裹了一个季节的渴念
这是无与伦比的颜色
伟大和牺牲的颜色
好吧，请打开这一页

2022 年 7 月 6 日

代 跋

溪水曲

溪水哗哗流下,
从远处山脚下,
路过一棵大橡树,
打湿一丛马兰花。

我的心刚刚苏醒,
窗外闪过一片彩霞,
小羊饱饮溪水,
要离开自己的家。

我追赶小羊的蹄印,
一直追到马兰花,
我看见了橡树,
树下有人扎头发。

我捧起溪水洗脸,
我溅起一片水花,
她起身去了上游,
我用衣襟把脸擦。

小羊在上游的上游,

它去找溪水的妈妈,
大山生出了溪水,
溪水离开了妈妈。

妈妈在大李子树旁,
头顶是盛开的树丫,
我要牵回小羊,
我要把小羊交给妈妈。

1972 年 4 月 6 日

访司号员

茫茫海滩晨雾弥漫,
鸟儿们一夜难眠。
帐篷桅灯迎来黎明,
一支红笔手不释卷。
大黄狗蜷在身旁,
旧军衣上油迹斑斑。

呵气成冰的日子,
战旗猎猎决胜荒原。
还是当年号声嘹亮,
硝烟里走出司号员。
一双苍老的大手,
一对布满血丝的眼。

他梦见战壕里的黄花,
小腿上取出弹片。
他梦见棉粮堆成高山,
沙源变成锦绣大寨田。
老连长交给冲锋号,
老村长交给镐和锨。

霞光落上黄色军衣,
大黄狗紧跟在身边。
沉睡的战地正在醒来,
炊事员已在埋锅造饭。
沙原北边是红色大海,
天地间燃起激情火焰。

他没有佩戴勋章,
没有妻女和田园。
只有一支补过的铜号,
只有一副无畏的肝胆。
战地护士救过他的命,
他把她永远记心间。

苍劲的橡树不会倒下,
最难忘失去的英年。
他走在狂舞的风沙里,
他把昔日的战友呼唤。
黄昏笼罩一座营地,
阵阵号角吹落炊烟。

1975 年 3 月

图书在版编目（CIP）数据

致鼹鼠书 / 张炜著. -- 武汉：长江文艺出版社，2024.9. -- ISBN 978-7-5702-3662-6

Ⅰ. I227

中国国家版本馆 CIP 数据核字第 2024Z6L101 号

致鼹鼠书
ZHI YAN SHU SHU

责任编辑：谈　骁	责任校对：毛季慧
封面设计：祁泽娟	责任印制：邱　莉　王光兴

出版：长江出版传媒 | 长江文艺出版社
地址：武汉市雄楚大街 268 号　　邮编：430070
发行：长江文艺出版社
http://www.cjlap.com
印刷：湖北新华印务有限公司

开本：880 毫米×1230 毫米　　1/32　　印张：7
版次：2024 年 9 月第 1 版　　2024 年 9 月第 1 次印刷
行数：3816 行

定价：48.00 元

版权所有，盗版必究（举报电话：027—87679308　87679310）
（图书出现印装问题，本社负责调换）